Kat

ein Ullstein Buch

ZUM AUTOR:

Wolfgang Funke, geboren 1937 im sächsischen Glauchau, arbeitete als Arzt in Chemnitz und Dresden. Er schreibt und publiziert seit den fünfziger Jahren Satiren in Reimen und Prosa, Kabarettexte, Kinderlieder und Chansons.

Wolfgang Funke

Der Wendehals und andere Mitmenschen

Satirische Epigramme und
Kurzgeschichten

ein Ullstein Buch

Ullstein Buch Nr. 22554
im Verlag Ullstein GmbH,
Frankfurt/M – Berlin
Originalausgabe

Umschlagentwurf:
Hansbernd Lindemann
unter Verwendung eines Fotos
vom Ullstein Bilderdienst

Printed in Germany 1990
Gesamtherstellung:
Ebner Ulm
ISBN 3 548 22554 3

Dezember 1990

CIP-Titelaufnahme
der Deutschen Bibliothek

Funke, Wolfgang:
Der Wendehals und andere Mitmenschen:
satirische Epigramme und
Kurzgeschichten / Wolfgang Funke. –
Orig.-Ausg. – Frankfurt/M; Berlin:
Ullstein, 1990
(Ullstein-Buch; Nr. 22554)
ISBN 3-548-22554-3
NE: GT

Für Tilmann

Inhalt

1

Revolutionen sind nicht Verbrechen, aber die Folge davon.

B. v. Arnim

1989

Das war ein Jahr! Oktober bis Dezember!
Zwölf Wochen gegen viermal ein Jahrzehnt.
Der große Sturm des Frühlings im November.
Was da erblühte, längst war's totgewähnt.
Das Volk stand auf. Beharrlich. Doch besonnen.
Es streifte seine schweren Ketten ab
und hat nicht alles, aber viel gewonnen:
Wer hoch auf Thronen saß, der fiel herab.

Und wieder einmal waren es die Sachsen!
Allein, nicht nur weiß-grün war das Panier:
Europa. Deutschland soll zusammenwachsen.
Und dafür, Leipzig, Dresden, danken wir!
Das war ein Jahr! Nun nehmt es in die Hände
und stellt es an den Platz, der ihm gebührt.
Vorweggenommene Jahrtausendwende!
Das Jahr der Jahre. Nur vom Volk gekürt.

Zeitenwende

Die Zeiten waren schlimm, sie waren schlimmer.
Ein Mitmensch überstand sie allesamt.
Jetzt sind sie gut. Er aber bleibt für immer
bis tief ins Allerinnerste zerschrammt.

Streitbart

Das war so eine Eigenart:
Man stritt sich um des Kaisers Bart.
Im Sozialismus galt der Brauch
des Streits um Bärte aber auch.

Interessant und mächtig

Die DKP war eine interessante und mächtige Partei. Da sie sich das aber nicht so ohne weiteres anmerken ließ, bedarf es einiger Erläuterungen.

Zunächst einmal: Sie stand fest auf dem Boden der Verfassung – zwar der der DDR, aber das machte ja nichts, denn nach dem Grundgesetz der Bundesrepublik waren ohnehin alle Deutschen gleich. Also konnte man sie stehenlassen.

Noch interessanter war ihre Finanzierung. Alles Geld erhielt die DKP nämlich von der Bundesregierung. Und zwar in voller Höhe aller anfallenden Kosten.

Das war einmalig in der Parteienlandschaft. Damit das aber nun nicht allzusehr auffiel, machten die riesigen D-Mark-Beträge einen klitzekleinen Umweg: über Ostberlin.

Das verlief wie folgt. Die DDR sperrte eine bestimmte Stückzahl Mißliebiger ein und verkaufte sie gegen harte Währung an Bonn.

Die so eingenommenen Devisen erhielt dann der DKP-Genosse Mies, dessen Name aber Zufall gewesen sein soll.

Und mächtig ist die DKP deshalb gewesen: Bei jeder Wahl verbesserte sie das Ergebnis der SED von 99,6 auf glatte 100 Prozentpunkte, denn sie erzielte stets haargenau die dazu notwendigen nullkommavier Prozent.

Vorausschauender Rückblick zur Einigung

Noch sind die Alten gut für jeden Trick.
Das sollte, wer da denkt, niemals vergessen.
Sie drohen: Hinterhof, Bananenrepublik . . .
Darum noch einmal: Schärft euch euren Blick!
Das Vorderhaus, das haben sie verfressen.

Der wahre Grund

Wenn Kommunisten in Palästen wohnen
– in Einzelfällen – ist's nicht Eigennutz!
Gemeinnutz ist es. Schutz für Millionen
von Mark und Bürgern. Es ist Denkmalsschutz.

Securitatsachen

In Luxustunnels lebten sie in Saus und Braus. Im Schatten.
Mit Whisky, Zyankali, Colt, Kanonen, Pornos, Sex.
Ceaucescus manndressierte Kondukator-Blutrausch-Ratten.
Selbst Dracula erlitt vor diesen Teufeln einen glatten
und in der Hölle raren Minderwertigkeitskomplex.

Warum es den Rumänen wirklich schlecht ging

Ceaucescu hatte siebentausend Zimmer.
Was so gewaltig klingt – es war zu klein!
Der Kondukator brachte leider nie und nimmer
den kleinen Rest Rumänien da hinein.

Wo Stalin nie regierte . . .

Der Sozialismus? Stalin ist gescheitert!
Nicht jener! Sagte man uns schnell.
Doch schwieg man, ward die Frage dreist erweitert
– auf's jugoslawische Modell . . .

Schwarzrotgoldnes Sachsen! Zielfarbe beachten!

Nicht alle die, die eine Fahne schwenken,
sind allen deren Farben wirklich hold.
Gebt acht auf die, die diese Arme lenken!
Ihr Ziel ist nicht das Dresdner Schwarz und Gold.

40. Orakel

Die letzte Phrase Erichs sei uns heilig!
Alle vor ihr waren schlimmer.
Denn als sein Schifflein sank, rief er noch eilig:
»Vorwärts immer! Rückwärts nimmer!«

Antlitz Wandlitz

Da war die Story von den weißen Westen:
Im Stil der Heilsarmee fürs Volk auf Wacht!
Hurra! Und wirklich – in den Prunkpalästen
hat man an Sicherheit und Volk gedacht.

Rückgrat '89

Die Zeit ist reif. Das heißt: Jetzt braucht sie Werke.
Es ist zu spät, um umzukehren.
Die Zeit ist reif. Jetzt braucht es Bärenstärke.
Was nicht gebraucht wird: Gummibären!

Mielkes Memoiren

Ich habe euch doch allesamt geliebt!
Nichts hab' ich, euch zu schützen, unterlassen.
Mein Stab schlief nie, war Caritas der Sassen.
Sogar die Luft hab' ich für euch gesiebt.

Zum Übergeben oder Mielkes Nachlaß

Nun weiß man wieder nicht, soll man das glauben:
Zwei leere Panzerschränke an der Wand?
Und wenn man's glaubt: was gab's da auszurauben?
War er dort eingesperrt, der Volksverstand?

Spitzentanz

Ein Parlament übt sich im Sprechen.
Es fragt die neuen Alten: So bleibt Frust.
Die Schweigemauer ist nicht zu durchbrechen:
Die Ärmsten haben alle nichts gewußt.

Das war der sozialistische Staat

Wie eine Fischfabrik: Der Staat.
Die Stinkenden warf er hinaus.
Die andern alle, akkurat,
nahm er bis auf die Gräten aus.

Die Ersten werden die Verletzten sein.
Wo ein As ist, sammeln sich die Geier.
Gebt, so wird es euch gegeben werden.

Pyrrhus dresdensis – oder
Protokoll zu einem Gedächtnisprotokoll 10/89

Wir haben sie alle zu fassen gekriegt!
Nicht hundert Prozent, nein, einhundertzwei.
Ein Plus, das bald schwerer als Ausculum wiegt . . .
Ein Rollstuhlfahrer war auch mit dabei.

Umgekehrtes

Nun gehen sie alle. Aus Altersgründen.
Sie gehen. Ganz einfach. Und über Nacht.
Wir aber bleiben. Im Schutt ihrer Sünden.
Sie schweigen. Wir reden: Dem Volk die Macht!

Saisonende

Der Sozialismus teilte stets die Schätze
der Welt unter die Leute auf.
Dann stellte er Plakate auf die Plätze.
Die Aufschrift: Großer Schlußverkauf.

Exilprophylaxe oder Honeckers Schalck

Der ist nicht durchgeschlüpft. Den schickte man hinaus!
Als Vorkommando, bis die Bosse packen.
Wie einstmals Lotte Ulbricht fliegen sie bald aus.
O arme Schweiz. Dir sitzt der Schalck im Nacken.

Nachwort zum real existierenden Sozialismus

Die Devise jener Tage:
Handeln! Das war keine Frage.
Niemand, der das je bestritt.
Fragte sich nur oft: Womit?

Ede petete in SAT 1

Nun steht er fest, der größte Sohn
der größten deutschen Revolution.
Er übernahm fürs Volk das Schwerste:
Von Schnitzler. Denn: »Ich war der Erste!«

Hearingelspiele

Habt endlich Mitleid mit der Alten Garde!
Nicht einer war sich seiner Schuld bewußt.
Sogar im Staat der erste Kommunarde
– er hat von allem wirklich nichts gewußt!

Nachhall

Man hatte Karinhall schon fast vergessen,
da machten die famosen Herren Tisch
und andere mit ihren Interessen
uns allen das Gedächtnis wieder frisch.

Reservestellung

Achtet, wenn ihr Häuser säubert,
auf die Hintertür zum Garten.
Wer zur Zeit nicht vorne räubert,
könnte in den Hecken warten.

Riesenpampers

Was ist Etikettenschwindel?
Zeigt man einem Volk den schon
lange vor Revolution
und Trara gezeugten Sohn
wie ein Kleinstkind: in der Windel.

Ausgekochtes Rezept

Reisen lassen – und das Volk wird still!
Und dann kann man mit den Massen
bald schon wieder alles, was man will,
nach Belieben tun und lassen.

Sukzessives

Wann geht der Wunschtraum in Erfüllung:
einmal ein Tag ohne Enthüllung?
Wohl nie. So werden uns die Alten
noch jahrelang bei Laune halten.

Seelenverkäufer

Das große rote Schiff ist leck.
Die Kessel ohne Feuer.
Die Crew liegt mit Skorbut an Deck.
Klabautermann am Steuer.
Voraus ein Schlepper. Weißes Heck.

Beiderseitige Verwandtlung

Laßt sie zu uns, hieß es noch gestern,
die deutschen Brüder und die Schwestern.
Nun fiel die Mauer. Sie sind da.
Schon wünscht man sie nach Afrika . . .

Jokerface

Jetzt steigt empor, wie Phönix aus der Asche,
so mancher flinke Vogel Wendehals.
Jedoch behält er für den Fall des Falls
noch immer einen Joker in der Tasche.

Neue deutsche Synonyme

Leipzig = Heldenstadt
Oberbürgermeister = Wahlfälscher
Berghofer = Wetterfahne

So Endete Das: Sehr Praktisch Durchdacht

Das also war der Abgesang:
die Autolyse kam in Gang.
Vom Vize abwärts, über Nacht,
floh alles. SPD! Gib acht!

Deutschland – ein Kindermärchen?

Deutschland. Schwarzrotgoldnes Zwillingspärchen?
Ewig sollt' es sein. Nun ist's vorbei!
Deutschland? Nein, es ist kein Kindermärchen!
Es ist Wirklichkeit! Vereint und frei!

Ende. Gut?

Sie säßen wohlgemut auf der Regierungsbank
(vor Wochen noch, da jagten sie mit voller Kraft),
wenn sie nicht sitzen müßten ... Doch auf einmal: Krank!
Die Ärmsten! Alles hin. Sogar ihr Recht auf Haft.

Vorsicht! Haie!

Geschichte Sachsens. Tiefen. Höhen.
Nur eins stand niemals ernst in Frage:
Wir waren immer in der Lage,
uns selber gründlich zu entflöhen.

Das Nicht-Märchen vom 8. Schwaben Berghofer

Grimms ließen sie einst in die Mosel sinken:
Die sieben Schwaben. Nun ist über Nacht
der Meisterschwimmer Sachsens Schwabe acht.
Das heißt: Der wird im Elbestrom ertrinken.

Ubi bene – ibi patria

Ein neuer Hymnus geht im Lande um.
Die Bundesbank druckt zu dem Lied die Noten.
Ein Volkstanz. Um das goldne Kalb herum.
Wir Deutsche sind famose Patrioten.

Sächsischer Frühling '90

Die Eier werden billiger,
die Mädchen werden williger ...
Es platzen Knospen, rauscht der Saft –
aus Colabüchsen, Volk. Welch Kraft!?

Hasenpanier

Der alte Osterhase irrt durch Sachsen.
Er stellt sich auf die Hinterbeine. Rennt.
Vergeblich. Denn da ist ein Konkurrent:
Die lila Kuh. Ihr ist er nicht gewachsen.

Über die Hut-Schnur

Das hat bestimmt so leicht nicht seinesgleichen:
Ein mieses Individuum
bringt einen Teil des Duden um.
Denn ›schnurgerade‹ ist fortan zu streichen.

Qual?

Wo wäre da die Qual der Wahl?
Es gibt nur dieses eine Mal!
Ganz Deutschland. Reich und ohne Schutt.
Das Antonym dazu: Kaputt.

Neu und alt

Ein frischer Apfel. Er fand Interesse:
Am alten Stamm solch neue Pracht ...
Da hat man ihn mit der gewohnten Presse
sehr sachgerecht zu Mus gemacht.

Deutschland, ein Sündermärchen

Erhabenes Gefühl: Man war dabei!
Für Deutschland. Mit Verstand und Emotion.
Und nun erhält man den verdienten Lohn
auf typisch deutsche Art. Geteilt durch zwei.

Letzte Instanz

Nun wissen wir's: Es war systemgeschuldet!
Die Jägermeister konnten nichts dafür.
Als Opfer haben sie sich selbst erduldet.
Welch harte Pflicht! Welch karger Lohn, die Kür.

Expressis Verbis. Ein Nachtrag zum 17. Juni 1990

Nicht Geld nur, das ist auch Partei›vermögen‹:
Den Volksaufstand als Volksaufstand zu ehren!
Wenn sie zur Feier dagewesen wären,
man hätte ihnen dann vielleicht geglaubt,
den PDSlern. So bleibt nur erlaubt
zu denken, daß sie heut' noch gern die Säbel zögen.

Rekonvales Zentrum

Berlin trug stets zu große Schuhe,
und Herz und Schnauze waren nie gesund.
Drum gönnen wir ihm endlich Ruhe
– als simplem Land im deutschen Länderbund.

Westmilchmädchenrechnung zur Einheit

Sie hatten längst die Ernte in der Scheuer,
als wir noch für sie mitbezahlten,
als uns Berijas Mühlen mahlten.
Und jetzt? Jetzt hört man nur noch: Viel zu teuer!

Golf und Welt

Und wieder wird am Golf geschossen.
Und wieder führt Arabien Bruderkrieg.
Und heißen wird es wieder, daß entschlossen
die Welt das Maul aufriß und letztlich – schwieg.

Wetten, daß es geht

Das kommt für Deutschland: Bund von Gleich und Gleich.
Nur eben anfangs gibt's auf alle Fälle
den uns wohlbekannten Posten
armer Länderei'n im Osten.
Bloß für Sachsen gäb' es auf der Stelle
eine Chance: Wir werden wieder Königreich!

An das leere Hohe Haus

Die Kammer tagt. Mit properen Diäten
versorgte Volksvertreter schwänzen.
Nur eine Minderheit zieht an den Drähten.
Demokratie? Wo sind die Grenzen?

Alles kommt wieder, sagte der Volksmund,
als es ihm die Sprache verschlug.

2

Für Dummköpfe ist alles einfach.

Paustowski

Unterschied

Das Epigramm: Ein scharfer Zahn.
Meist ist es frech. Und immer kurz.
Und häufig wirkt's wie leicht getan,
kein Schwergewicht wie ein Roman –
jedoch man liest's. Da ist das schnurz.

Zum Beißen brauchen beide scharfe Zähne:
der Hund und die Satire.

Los des Satirikers

Satire schreiben, das heißt: Anders denken.
Das heißt: Fast nirgends hinzupassen.
Satire schreiben, das heißt: Selber lenken
und doch die Hoffnung fahrenlassen.

Das Mehr

Ein Witzbold, der wird Humorist.
Sein Ziel ist, daß die Leute lachen.
Das ist schon viel. Mehr aber ist
Satire. Die muß traurig machen.

Das letzte Hemd

Und bliebe uns nichts als ein Stift . . . Mit dem
müßten wir's hinter uns're Ohren schreiben:
Was immer man verliert – gar kein Problem.
Der Stolz jedoch muß uns erhalten bleiben.

Märchenhaft

Ich wünschte mir, ich hätt' drei Wünsche frei.
Ich gäb' sie alle meinem Land
mit meiner Hoffnung in die Hand,
daß dann bald nichts zu wünschen übrig sei.

Roßselbsttäuschung

Ein Mitmensch faßte den Entschluß:
Ich steige auf den Pegasus!
Und als er flugs zur Sache schritt,
gab's einen mehr, der Pony ritt.

Vergleich

Mit irgendwem soll man sich nicht vergleichen,
sofern das Selbstbewußtsein Stärkung braucht.
Man nehme einen Großen, sich zu eichen.
Ich nehme Kästner. Der hat auch geraucht.

Ausgeschlossen

Was wir nicht schreiben, rechnet's nicht zum Besten.
Zwar kreist es immerzu in unserm Blut,
doch es verbirgt sich unter weißen Westen.
Und nichts kann gut sein, fehlt es ihm an Mut.

3

... denn des Menschen größte Sünde ist, daß er geboren ward.

Calderon

Augenblick

Und so beginnt der Lebenslauf:
Ein Mitmensch schlägt die Augen auf,
blickt um sich, brüllt und senkt sofort die Lider ...
Was macht's? Man öffnet sie ihm später wieder.

Angefangenes

Der Mensch, mit seinem ersten Schrei
ruft er der Welt zu: Nun sei nett!
Die aber grinst: Wohlan, es sei!
Und steckt ihn in ein Gitterbett.

Gestern und heute

Bis gestern war ich nichts als froh.
Ein ahnungsloser Embryo.
Was aber bin ich heute, jetzt?
Ein Kind. In diese Welt gesetzt.

Kehrseite

Ein Mitmensch kommt zur Welt. Das ist in Butter.
Doch nicht von ihm sei hier die Rede,
nein, von der Frau Mama. Noch jede
wird so zur potentiellen Schwiegermutter.

Zwei winzige Pöstchen

Kleinekortes Glück bestand darin, daß sein Vater vor fünfundvierzig ein winziges Pöstchen gehabt hatte. Als sich nämlich Kleinkorte jetzt darum bewarb, ein winziges Pöstchen zu bekommen, mußte er einige DIN A4-Seiten Lebenslauf, Fragebögen und was da nicht noch alles zu beschriften war, abliefern.

Kleinekorte unterzog sich all diesen Arbeiten mit Akribie. Lediglich in der alles entscheidenden Spalte soziale Herkunft unterlief ihm ein Fehler. Wahrheitsgemäß, wie er glaubte, schrieb er hin: Angestellter.

Kleinekorte wurde zu einem Gespräch einbestellt, in dem er erfuhr, wo der Hase im Pfeffer liegt. Soll heißen, warum er das winzige Pöstchen nicht bekommen könne. So jedenfalls nicht.

Der Kaderleiter war aber im Nebenberuf Mensch und vor allem war er um seine Statistik besorgt. Also sagte er zu Kleinekorte, der solle doch noch einmal einen leeren Fragebogen mitnehmen, diesen hier, bitte sehr, werde er, der Kaderleiter, einfach vernichten. Das schädliche Dokument verglühte im Aschenbecher. Es müsse doch mit dem Teufel zugehen, wenn Kleinekorte sich nicht auch auf eine lupenreine Herkunft aus der Arbeiterklasse berufen könne. Kleinekorte sprach daheim mit seinem Vater über die Sache. Lange dachten sie gemeinsam über die Familiengeschichte nach, bis urplötzlich der Vater aufsprang und aus einer Schublade des Büffetts ein vergilbtes, aber sehr gut erhaltenes Papier hervorholte. Er las lange darin, bis er heureka rief. Hier, bitte, sieh her, mein Sohn, hier hast du den Beweis: 1857 steht bei deiner Ururgroßtante mütterlicherseits eindeutig: Wäscherin. Das ist sie, die Arbeiterklasse, aus der wir stammen, mein Lieber!

Kleinekorte schrieb voller Freude über die wiedergefundene rechtschaffene Identität in besagte Spalte: Arbeiterklasse. Dann sah er unvermittelt auf und fragte seinen Vater: Vater, was ist das eigentlich für ein Schriftstück, das da mit der Ururgroßtante mütterlicherseits?

Das, sagte der Vater, das ist der Nachweis unserer arischen Abstammung, den ich seinerzeit erbringen mußte, als ich das winzige Pöstchen haben wollte.

Wie gut, daß ich das Mistding nicht weggeschmissen habe. Jetzt ist es auf einmal der Nachweis unserer prolet-arischen Abstammung

1959

Alpha und Omega

Im Kindesalter lehrt man euch das Lesen.
Und später, so als wäre nichts gewesen,
versucht man dann mit allerhand Papieren
euch wieder zu analphabetisieren.

Traumwandeln

Ein Kindertraum: Der Welt zu imponieren.
Noch aber ist der Mitmensch nicht mit ihr intim.
Wenn erst die Kindheitsträume sich verlieren,
wünscht er sich von der Welt, sie imponierte ihm.

Wenn ein Ehemann den Familienzuwachs unverwandt anstarrt, hat er nicht selten recht.

Reitschule

Kinder reiten keine Steckenpferde mehr.
Was sie wollen, müssen wir servieren.
Höchstwahrscheinlich rührt's von diesem Umstand her,
daß sie sich so oft vergaloppieren.

Sichtweise

Die Pille hat es endlich wahr gemacht:
Das Wunschkind. Von den Eltern ausgesehen.
Das Kind, noch nicht dabei in solcher Nacht,
wünscht sich dann später, es sei nicht geschehen.

Klassenaufsatz Klasse 8
Thema: Was ich von der DDR weiß

Die DDR ist ein kleines Land in der Nähe von Deutschland. Deutschland ist viel, viel größer als die DDR und viel stärker. In der DDR haben die Leute keine Autos, bloß manche haben so eine Art Kabinenroller. Weil sie von den Russen regiert werden. Den Bauern haben die dort alles weggenommen und nun müssen die Leute hungern. Wir Deutschen helfen ihnen mit Paketen mit lauter nützlichen Sachen. Wir schicken Niveacreme, Omo, Backpulver und alles so was, was die dort nicht haben tun. Seit wir unsere alten Anziehsachen und so in die

DDR schicken, schützen wir durch den wenigeren Müll auch die Umwelt besser als die DDR. In der DDR sind die Menschen nicht frei. Ihre Sprache ist aber auch so eine Art Deutsch. Nur ist die Pflichtsprache in der Schule Russisch. Coca Cola und Pepsi gibt es auch alles nicht. In den Ferien werden die kleinen Kinder in Lager verschickt. Da nimmt man sie einfach ihren Eltern weg. Weil die arbeiten gehen müssen. In den Schulen muß kostenlos Essen ausgegeben werden wegen der Armut und dem Hunger. Weil es nichts anzuziehen gibt, müssen die Kinder Uniformen tragen. Wäsche waschen die Frauen dort noch mit dem Waschbrett. Kühlschränke gibt es auch nicht. Nicht einmal Steinkohle ist dort. In den letzten Jahren soll es aber ein bißchen vorwärts gegangen sein mit der Rückständigkeit. Aber zu dem Imfen werden die Leute genauso einfach gezwungen wie zum Lungerönchen. Nicht einmal darüber haben die dort selber zu bestimmen. Berlin ist die Hauptstadt davon. Es gibt zwei regierende Bürgermeister. Einer heißt Honecker, aber das ist ein richtiger Deutscher. Aus dem Saarland. Vielleicht halten den die Russen gefangen. Dort gibt es keine Wahlen. Formel 1 ist auch verboten. Adidas nicht. Im Sport ist die DDR Spitze. Da gibt es massenhaft Schwimmhallen und Sportplätze und so für die Leute. Damit werden die Soldaten hart gemacht. Gut ist in der DDR das keine Türken sind. Trotzdem möchte ich nicht im Ausland leben. Hier in Deutschland gibt es schöne Videoteken und alles sowas was Spaß macht. Das dürfen die in der DDR auch nicht. Die allgemein Bildung in der DDR ist schlecht.

Deshalb bin ich stolz, daß wir in Deutschland soviel wissen auch über die DDR. Aber hinfahren tun möchte ich nicht weilwenn man dort nur ein Wort laut sagt man gleich nach Sibirjen muß. Bei uns muß man da nicht nach Sibirjen. Wenn ich beten tu tu ich auch immer mit für die DDR beten. Das ist dort nämlich auch straffällig.

Die DDR ist ein armes Entwicklungsland. Deshalb bin ich froh das, ich ein Deutscher geworden bin.

Anmerkung des Lehrers:
Der Aufsatz, im Stil schon recht flüssig, in der Rechtschreibung beachtenswert gut, vermittelt anschaulich die erfolgreiche Perzeption des Lehrstoffs zum exotischen Thema. Der Klassenaufsatz wird als Beitrag unserer Schule für die Altersstufe 8 zum Bundeswettbewerb aller Aufsätze über die DDR nominiert, da er reelle Siegchancen hat.

Viel Kinder, viel Sägen.

Moderne Waisen

Ein Kind. Mit Vater und mit Mutter.
Familienpolitisch stimmt das. Bloß,
es machen Volvo, Haus und Segelkutter
den Sproß de facto elternlos.

Lebensweg

Mein Sohn, bis an den Rand der Welt
verdursten Wüsten, blühen Gärten.
Die Weichen sind für dich gestellt.
Doch, denk' dran, noch viel mehr die Härten.

Berufswahl

Bei Neureichs gab es Nachwuchs. Einen Sohn.
Was wäre dem hinzuzufügen?
Er dürfte sich damit begnügen
und macht das späterhin zur Profession.

Aussichten

Ein Kind. Man schwärmte, ist das brav.
Ein Lämmchen. Niemals vornedran.
Und übersah, es wächst, und dann
wird's, bleibt es so, ein – großes Schaf.

Wie ich mein Abitur doch noch bestand

Eigentlich wollte ich ein gutes Abi bauen, um nicht erst ein Jahr in die Produktion zu müssen, sondern gleich an die Uni zu können. Aber wie das Leben spielt, starb mir doch mitten im Mündlichen mein verehrter Onkel Josef. Das brachte mich seelisch so durcheinander, daß ich beim Einfachsten versagte.

Als erstes fiel ich in Deutsch durch. Auf dem Zettel, den ich zog, stand: Reifeprüfung Deutsch für die Klassen 12b, 1954. Sprechen Sie über die Merkmale der Sprache und ihre gesellschaftliche Funktion nach J. W. Stalins Schrift ›Der Marxismus und die Fragen der Sprachwissenschaft.‹

Ich kam doch tatsächlich nicht über den Satz hinaus: Wie schon der große Josef Wissarionowitsch Stalin in seiner unvergleichlichen Weitsicht ... Dann verhedderte ich mich irgendwie in bürgerlichen Auffassungen. Der Prüfungskommissar war aber gnädig und ließ mich noch einmal in den Lostopf greifen. Ich erwischte: Wie charakterisiert J. W. Stalin die Rolle des Überbaus in seiner Schrift ›Der ...‹ Verzweifelt wiederholte ich meinen Prolog, strandete dann jedoch hoffnungslos im Gestrüpp bürgerlicher Dekadenz. Der Prüfungskommissar baute mir eine allerletzte Brücke, die sich für mich leider als ebensowenig tragfähig erwies: ›Welche Forderung stellt Mao-tse-tung an die Literatur?‹ So, wie gesagt, fiel ich als erstes in Deutsch durch.

Dann folgte Chemie. Stahl. ›Sprechen Sie über legierte Stähle und ihre Rolle bei J. W. Stalins Verteidigungsstrategie im Großen Vaterländischen Krieg!‹ Ich legte los. Tiegelschmelzverfahren, Elektrodenschmelzverfahren – aber beim zweiten Teil der Frage mußte ich passen. Mein Hinweis auf die T34, die immerzu durch unsere Stadt rasselten, bewirkte lediglich ein süffisantes Stirnrunzeln. Der Prüfungskommissar schickte mich mit angewidertem Gesicht vor die Tür. Eigentlich hätte es das dann ja schon gewesen sein können, aber ich durfte weitermachen. Ich wurde in Gegenwartskunde geprüft. Thema: ›Sprechen Sie über die Hymne der Sowjetunion. Analysieren Sie den Text ‚Von Stalin dem Großen auf ewig verbündet steht machtvoll der Volksrepubliken Bastion' ...‹ Ich sah es den gespannten Gesichtern der Prüfer zwar an, daß es in diesem Augenblick um mehr ging für mich als nur um eine eventuelle spätere Wiederholung des Abiturs, aber, wie gesagt, der Schmerz über den Tod meines geliebten Onkels Josef behielt die Oberhand, so daß mir selbst das, was man mit uns bei den Fahnenappellen wirklich ausreichend geübt und im Musikunterricht trainiert hatte, danebenging.

Ich schwitzte in meinem Zelluloseanzug, dessen Dunkelblau an mehreren Stellen schwarz zu werden begann. Der Trauerflor, den ich zu Ehren Josefs trug, hob sich nur noch unmerklich von seiner papiernen Umgebung ab. Trotzdem wurde er zum Silberstreif meiner Rettung. Plötzlich nämlich sah mich der Kommissar an und fragte: Warum tragen Sie Niestüte denn einen Trauerflor? Und ich antwortete, diesmal ganz unerschrocken aufrichtig: Der Tod von Josef, mei ... Weiter kam ich gar nicht. Der Prüfungsleiter sprang auf und rief emphatisch: Ja, lieber Jugendfreund, warum haben Sie denn nicht gleich gesagt, daß Sie jetzt noch, ein Jahr – und er dehnte das ›ein‹ wie einen Schlüpfergummi –, ein Jahr nach dem Tod unseres Führers, des großen Josef Wissarionowitsch Stalin ... Es gab ein kurzes Gewisper am Präsidiumstisch, einstimmiges, eifriges Nicken, dann wurde verkündet: Sie haben selbstverständlich in Deutsch, Chemie und Gegenwartskunde dank Ihrer vorzüglichen Haltung bestanden. Anschließend zeigen Sie uns noch der Form halber, was Sie in Russisch können. Und dann ab, Mann, weggetreten zum Feiern! Die Russischfrage lautete: O Stalinje (Über Stalin). Und diese Biografie hatten wir alle im Schlaf drauf. In allen Sprachen, Latein eingeschlossen.

So bestand ich mein Abitur doch noch.

Und hätte einer gleich Wachteleierschalen hinter den Ohren,
er bliebe doch ein grüner Junge.

Distanz

Nur ein paar Zentimeter unterm Herzen
trägt jede Mutter lange Zeit ihr Kind.
Und später zeigt sich oftmals unter Schmerzen,
daß diese nicht zu überbrücken sind.

Nachzucht

Der Mitmensch neigt spontan zur Trauer,
kaum daß die hausgemachte Nachzucht nicht
dem Wunsch nach einem Wunderkind entspricht.
Allein: Wie schön ist Mittelmaß von Dauer!

Umkehr

Die alten Weihnachtsbräuche sind geblieben.
Man hämmert, schneidet, sägt und leimt. Das sind
noch stets die schönsten Gaben für die Lieben.
Nur tun es heut' die Eltern für ihr Kind.

Stilwandel

Jugend will nach Schätzen graben?
Schön, das mag's gegeben haben.
Heute ist, statt anzufassen,
Jugendstil nur: graben lassen.

Sehr offener Brief des Genossen Müller an den Volksbildungsminister

Hochverehrter Genosse Minister!

Gestatten Sie mir bitte, Ihnen im Namen meiner Genossin Gemahlin und zugleich auch in meinem eigenen Namen zunächst zu versichern, daß wir der Sache der Arbeiterklasse und der führenden Rolle ihrer Avantgarde, unserer marxistischen Partei neuen Typus, treu ergeben und uns dessen tags und nachts bewußt sind. Mit Freude haben wir daher Ihren Beitrag zum einheitlichen sozialistischen Bildungswesen, vor allem zu dessen richtungsweisenden Erfolgen bei der Erziehung unserer Jüngsten zu glühenden Patrioten der Deutschen Demokratischen Republik, dem ersten Arbeiter- und Bauernstaat auf deutschem Boden, und zum unversöhnlichen Haß auf den Klassenfeind, studiert. Wir, meine Genossin Gemahlin und ich persönlich, fühlen uns jedoch verpflichtet, anhand unseres fünfjährigen Sohnes auf Reserven aufmerksam zu machen, die bisher unerschlossen geblieben sind. Noch immer gibt es revisionistische Erscheinungen, die die immer zielgerichtetere Erziehung unserer Kinder, den Hausherren von morgen, im obigen, von Ihnen so scharf herausgearbeiteten Sinn unzulässig bremsen. Was heißt das? Das heißt, daß wir es nicht länger dulden sollten, wenn einzelne Elemente unter den Erziehern auf halbem Wege stehenbleiben. Es erfüllt uns mit echter Sorge, daß unser Sohn beispielsweise einerseits noch nicht einmal alle Kampflieder unserer Freien Deutschen Jugend der Deutschen Demokratischen Republik auswendig kann, daß er aber andererseits banale deutschtümelnde Volkslieder lernen muß. Es reicht auch nicht aus, anstelle von kleinbürgerlichen Märchennachmittagen in den Kindergärten Matrjoschkafeste zu organisieren, wenn dabei nicht die Forderung der Kinder geweckt wird, den Weihnachtsmann alter Prägung und erst recht das sogenannte Christkind vollständig durch Väterchen Frost zu ersetzen. Und was nützen unserem fünfjährigen Sohn und unserer vorwärtsdrängenden sozialistischen Gesellschaft Wandertage in der Natur, wenn er dort nichts weiter kennenlernt als ein paar für die Steigerung des materiellen Wohlstands unserer Gesellschaft gänzlich unbedeutende Pflanzen und Tiere, nicht aber die Bedeutung der Landschaftsstruktur für unsere Verteidigung, wenn der Imperialismus uns angreift. Besondere Sorgen bereiten uns aber die Himmelsrichtungen. Wir schlagen im Gefühl unserer Mitverantwortung daher vor, am Kompaß grundsätzlich nur noch die Richtungen Nord, Süd und vor allem Osten zu lehren. Jedes Interesse am Westen sollte frühzeitig liquidiert werden.

Sehr geehrter Genosse Minister, wir versprechen Ihnen deshalb, künftig die vertrauensvolle Zusammenarbeit von uns als Elternhaus mit dem Kindergarten weiter zu vertiefen. Unser persönlicher Beitrag bei der kommunistischen Erziehung unseres fünfjährigen Sohnes wird ab sofort unter anderem darin bestehen, ihn mit weiteren Friedens-Fernlenk-Spielzeugpanzern ausreichend auszurüsten und das übrige breite Sortiment unserer Spielzeugläden voll auszuschöpfen, ihn verstärkt darüber aufzuklären, daß die Schokolade, die ihm die Oma – gegen unseren Willen! – immer aus dem Westen mitbringt, dort nur hergestellt wird, um die Kinder in die Fallen der Kriegstreiber zu lokken, und ihm künftig nicht mehr zu gestatten, die Sesamstraße im Fernsehen zu konsumieren. Wir werden auch noch härter sein gegen uns selbst. Westfernsehen schalten wir künftig immer erst dann ein, wenn unser fünfjähriger Sohn schläft, und wir werden den Ton noch leiser stellen als bisher. Wir hoffen, damit unseren Beitrag zu leisten bei der Lösung Ihrer schwierigen Aufgabe. Möge Gott dafür sorgen, daß Sie Ihr Ziel erreichen!
Mit sozialistischem Gruß

i. A. Genosse Müller

1983

Leerfilm

Ein Kind von zwölf? Ein Mädchen? Eine Dame!
Herausgeputzt wie eine Filmreklame.
Ein junger Mensch, von dem zu sagen wäre:
Ein Kind von zwölf. Und geht schon in die Leere.

Expert

Er war ein junger Mann von sechzehn Lenzen,
doch sein Erfahrungs-Schatz, o Gott,
enthielt schon all die vielen Konsequenzen
von vierzig. Und – er hieß Lolott.

Gestillter Ehrgeiz

Man riet ihm, mach' dir einen Namen.
Doch denen, die ihm damit kamen,
erklärte er, er brauche keinen.
Er hätte von Geburt an einen.

Lüge

Die Mutter sagt entsetzt zum Sohn:
Du hast zum erstenmal gelogen.
Der Sohn sagt ja. Und denkt voll Hohn:
Auch diesmal hab' ich dich betrogen.

Mutter und Sohn

Sie schrieb dem Sohn, daß sie sehr einsam sei.
Und legte einen Teil der Rente bei.
Sie gab sehr gern, doch viel ist's nicht gewesen.
Er nahm's. Und ließ die Zeilen ungelesen.

4

Das nenn ich bittre Qual, vermählt zu sein.

Shakespeare

Sub rosa dictum

Ich hol' dir vom Himmel die Sterne,
das ist wohl der praktischste Schwur.
Ad eins muß man weit in die Ferne,
ad zwei erst nach Jahren retour.

Warnung

Schlägt eine Frau vor euch die Augen nieder,
ihr Männer, dann seid auf der Hut vor Tricks.
Sonst merkt ihr erst, hebt sich der Vorhang wieder,
sie nutzte nur die Kunst des Augenblicks.

Der halbe Philanthrop

Die Nächstenliebe ist ihm ein Vergnügen.
Er liebt von allen Menschen, die er kennt,
um fünfzig oder etwas mehr Prozent:
Die Frauen. Und das scheint ihm zu genügen.

Mutprobe

Er stahl für sie im Stadtpark eine Rose.
Und weil der junge Mann zuvor
noch nie sein Herz im Park verlor,
geschah's ihm jetzt: Es rutschte in die Hose.

Liebestraum

Wär' ich der Punkt vom I in deinem Leben,
o oft geträumter süßer Liebestraum,
wir wär'n uns nah. Welch kleiner Zwischenraum!
Welch kleiner? Nein! Welch hoffnungsloses Schweben.

Rohstoffproblem

Wie ein Magnet ziehst du mich an!
Man flüstert es, man schreibt's per Post.
Am Anfang. Aber was kommt dann?
Was kommen muß bei Eisen: Rost.

Altdeutsch

Als sich zwei junge Leute innig küßten,
stand Jungfer A mit Jungfer B dabei.
Die fanden, daß das animalisch sei.
Und daß die beiden mal zum Tierarzt müßten.

Gleichung

Es gingen sich zwei Menschen in die Maschen.
Sie, die ein ausgekochtes Luder war,
und er, mit allen Wässerchen gewaschen.
Kein Wunder, daß es hieß: Ein saub'res Paar.

Eine Frau sitzenzulassen ist uns geläufiger, als sie sich setzen zu lassen.

Die Zigarette danach

Man sagt's wie ein Gebet dahin und kennt
sofort auch das Davor – wie sich's auch nennt.
Kein Mensch meint beispielsweise: nach dem Bade.
Und das ist eigentlich ein bißchen schade.

Nicht ansprechende Damen sind ansprechender
als ansprechende.

Verlangen

Er wollte sie haben. Nicht minder sie ihn.
Nur sie blieb dabei ganz Frau, die sie war.
Noch lag er im Staube vor ihr auf den Knien,
verlangte sie schon ein Aide-memoire.

Wiederbegegnung

Ein Mitmensch meinte, Liebe ginge
wie tausend andre schöne Dinge
nur durch den Magen unters Mieder . . .
Im Rieselfeld fand er sie wieder.

Ansprache an eine Schlampe

Ich könnte dich durchaus entbehren.
Denn alles, was du forderst, ist Verzicht.
Ich möchte dir den Rücken kehren,
jedoch selbst einen Besen hast du nicht.

Kein Tag ohne einen Strich, sagte die Hure zum Maler.

Vorausschau

Wir kennen uns schon lange.
Du denkst, wie mein Kopf denkt.
Und darum ist mir bange:
Was wird, wenn man mich henkt?

Wenn man sich nichts mehr zu sagen hat,
sollte man sich das sagen.

Brief eines erzgebirgischen NRW-Besuchers

Liebe Frieda, z. Z. Herne
eigentlich wollte ich Dir ja nicht schreiben von hier, damit es nicht heißt, jetzt kriegen die auch noch Post aus dem Westen. Wegen M.'s. Aber vielleicht stimmt es auch gar nicht, was über die erzählt wird. Und es ist ja auch alles lockerer geworden mit der Überwachung. Karli jedenfalls hat sich gefreut, daß wir uns seit der Mauer endlich mal wiedergesehen haben. Dann ist er mit mir gleich zum Amt gefahren. Das

Besuchsgeld holen. War gar nicht so einfach, weil ich mich alleine durchfitzen mußte. Karli hat gesagt, reingehen mußte ohne mich. Da sind doch bloß lauter Türken. Der Beamte hat mich sehr freundlich begrüßt und den Paß durchgeblättert, einen Haufen Papier ausgefüllt, mit dem ich dann wieder in ein anderes Zimmer mußte. Dort kriegte ich einen Scheck für die Bank. Da hat mich dann Karli wieder hingefahren. Die Bank war sehr schön. Die Türen gingen alleine auf. Mir haben sie einen Kugelschreiber geschenkt und gesagt, damit Sie auch mal was Ordentliches haben. Am liebsten hätte ich das Ding nicht genommen. Aber schreiben tut er wirklich gut, wie Du siehst. Bloß wie ein Bettler will man sich nicht vorkommen. Wir können doch nichts dafür, daß man Deutschland fünfundvierzig so aufgeteilt hat. Anschließend sind wir gleich, wie die hier sagen, nach Aldi. Karli hat etwas abseits geparkt, weil er da nicht gesehen werden wollte. Da kaufen nämlich bloß die Türken und die Arbeitslosen, hat er gesagt. Auf der Heimfahrt kamen wir an einem Autofriedhof vorbei. Das habe ich aber zu spät gemerkt, ich meine, daß das ein Schrottplatz ist. Karli hat dann hundert Meter weiter angehalten, weil man bei einem Schrottplatz von den Leuten nicht gesehen werden darf, sagte Karli. Ich bin schnell mal zurückgelaufen. Da standen vielleicht tolle Schlitten rum, für die würde bei uns noch sonstwas gegeben. Du weißt doch, unser Fleischer hat für den acht Jahre alten Golf hunderttausend hingeblättert. Hier sind die Leute froh, wenn sie ihr Zeug loswerden, weil sie immer wieder das Neueste haben müssen, sagen sie. Das kaufen die dann auf Kredit. Sogar nach Amerika kannste auf Pump in Urlaub fliegen. Für uns wäre das nichts, was Frieda? Karlis Haus ist sehr schön, bloß daß hier keine Zäune drumrum sind. In zwanzig Jahren will er abbezahlt haben. Wenn er nicht arbeitslos wird. Runde zweihunderttausend West. Nun stell Dir das mal mal zehn vor. Ich kann schon verstehen, daß Karli mir da bloß dreißig Mark geben konnte. Die Aufträge habe ich alle erledigt. Fahrradventile und so. Politisch sind die hier eigentlich gar nicht. Die reden bloß vom Geld und vom Urlaub. Mindestens auf den Kanarieninseln muß man gewesen sein, sonst ist man nichts. Karli wußte nicht einmal, wie sein Nachbar heißt und was der macht. Die ziehen hier andauernd um. Und einer auf der Geburtstagsfeier im Partyruhm (erkläre ich Dir zu Hause) erzählte sogar vom Südpol, über den er von Neuseeland aus geflogen ist. Aber als ich ihm sagte, daß ich aus Sachsen komme, sagte er, aha, Erfurt, was? Für die Wiedervereinigung jedoch war er. Nur, das müssen Sie schon verstehen, hat er gesagt, natürlich steht mir Brasilien näher als die Russenzone. Aber Politik? Nee danke! Die Stereoanlage, die, wie Karli sagte, ein Schnäppchen war, weil er sie dreihundert Mark billiger bekommen hätte, die aber einsame Spitze und nicht son japanischer Mist wäre, machte vielleicht Pauer (erkläre ich Dir zu Hause). Und übrigens kann ich nur sagen, daß mir hier gar keine Ausländerfeindlichkeit aufgefallen ist, wie unsere Propaganda uns immer weismacht. Im Gegenteil, alle Ausländer waren sehr nett zu mir. Das ist eben ein freies Land. Da kann jeder sehen, wie er zurechtkommt. Und sonst ist es eigentlich genauso wie bei uns. Für Westgeld kriegste einfach alles.

Mach's gut, meine Alte

PS: Die Thermosflasche mit dem Trinkwasser habe ich nicht gebraucht. Komischerweise haben die hier in dieser Ecke gutes Wasser. Und die Luft ist sauberer als bei uns im Erzgebirge. Das liegt vielleicht am Westwind!

D. O.

1986

Muttertagsspruch

Wenn Frauen in der Küche weinen, leiden
sie selten deshalb, weil sie Zwiebeln schneiden.

Variabel

Wenn einem Mann schon beim Gedanken
an »sie« sofort die Knie stark wanken,
ist's manchmal Liebe, manchmal nicht.
Im zweiten Fall – macht's ihr Gewicht.

Pardonna masculina

Es gibt bekanntlich nicht nur bei den Tieren
Verhaltensunterschiede bei der gleichen Art.
Auch was sich da – pardon – beim homo sapiens paart,
muß sich am Morgen oft gemeinschaftlich rasieren.

Wenn eine Jungfer fällt, dann nicht immer auf ihren Rücken.

Psychologik

Die Brille: Instrument des Hasses!
Das folgern Psychologen jetzt
aus dem: Trotz fehlenden Erlasses
wird sie beim Lieben abgesetzt.

Verspätete Einsicht

Das hab' ich redlich jede Nacht gemacht:
Ihr ihren ungestörten Schlaf bewacht.
Nun floh sie mich und ist seither verschollen.
Mir schwant, ich hätt' sie manchmal wecken sollen.

Muße

Noten, sprach die dumme Schöne,
ohne sie – ich wäre krank.
Nur, sie dachte nicht an Töne,
sondern an die Bundesbank.

Eine offene Bluse beweist noch kein offenes Herz.

Mimikry

Vor fremden Leuten reißt man sich zusammen.
Da ist noch jeder meist ein feiner Mann.
Jedoch wo Glätte ist, da sind auch Schrammen:
Zu Hause, die Familie, schreit man an.

Laßt wohlbeweibte Männer um mich sein.

Das Unglück mancher Männer ist ihr Glück bei Frauen.

Schlafzimmergedanken eines Ärztlichen Direktors zum sozialistischen Wettbewerb

Hoffentlich wirst du mir jetzt nicht wach, wenn ich die Nachttischlampe anknipse oder mit dem Papier raschle. Nein, ich könnte im Augenblick nichts Vernünftiges tun. Wirklich nicht. Ich muß irgendwas aufschreiben, verstehst du? Aus den Fingern muß ich mir etwas saugen, weil der Kopf zu schade dafür ist. Morgen früh schon wird die

Versammlung sein, mein Liebes. Nicht zu ändern. Da habe ich ein Programm vorzulegen. Für den sozialistischen Wettbewerb. Abrechenbar muß es sein, das verlangt der Parteisekretär. Und die Gewerkschaft hat keinen Finger krumm gemacht. Wie immer. Ja, wenn ich Chef in irgendeinem Betrieb wäre! Da wüßte ich, herstellen können wir im Monat fünfunddreißig Stück, beispielsweise. Dann könnte ich schreiben:

Wettbewerbsprogramm. O. Präambel. Der sozialistische Wettbewerb ist das unter Führung der Partei der Arbeiterklasse von den Gewerkschaften organisierte Streben der Werktätigen nach Übererfüllung der Pläne. 1. Wir verpflichten uns, monatlich dreißig Stück ... Und so weiter. Da hätte ich die Garantie, meine Liebe, daß ich jeden Monat fünf Stück Plus abrechnen und jede Menge Prämien erhalten und verteilen könnte. Aber ich? Ich bin doch nur Arzt. Na schön, die politische Präambel werde ich erst einmal aus dem Lexikon abschreiben. Das kann nicht schaden. Was könnte der Parteisekretär schon gegen ein bei uns gedrucktes Lexikon haben. Aber besser ist vielleicht, wenn ich auch noch dieses Zitat von Erich Honecker unter die Null quetsche. So, mein liebes Weib, und weiter? Was hatten wir denn – oh, jetzt raschelt's wieder, schlaf du nur weiter deinen unschuldigen Schlaf – vergangenes Jahr?

Aha! 1. Wir verpflichten uns, monatlich einhundertfünf Prozent der Erkrankten ... Hatten wir das wirklich im Programm? Das ist doch Schwachsinn, Mensch. Aber es ist ja doch gegangen. Die Prämie hast du sogar an, meine Liebe. Das Nachthemd aus dem Exquisit. Also, da schreibe ich diesmal statt einhundertfünf einhundertzehn. Es geht doch überall mit Siebenmeilenstiefeln voran. 110 %. Das klingt gut. Sehr gut sogar! Wie ein Leitartikel. Endlich läuft's aus der Feder. Wenn ich jetzt noch die übrigen zwölf Punkte in eine andere Reihenfolge setze als im vergangenen Jahr und den Text ein wenig verdrehe, dann bin ich ruckzuck fertig. Dann wecke ich dich vielleicht sogar, meine Liebe. Zu einer kleinen Feierviertelstunde. Also. 2. Wir verpflichten uns, täglich pünktlich zur Arbeit zu kommen. Sehr schön. Drittens. Wir verpflichten uns, die uns anvertrauten Patienten ordnungsgemäß zu versorgen. 4. Wir verpflichten uns, höflich zueinander und zu den Patienten zu sein. Na, das geht weißgott wie geschmiert. Jetzt vertausche ich die Punkte zwölf bis fünf. Hmmm, auch erledigt. 13. Wir verpflichten uns, täglich pünktlich Feierabend zu machen. Punkt und Schluß, dein Julius. Moment mal, wenn ich grad so schön am Zuge bin, da mache ich doch auch gleich noch die Jahresendabrechnung des Programms fertig. Was soll ich mich in zwölf Monaten, zumal in der Weihnachtszeit, mit diesem Zeug belasten. Schreibe ich kurzerhand: Es ist uns gelungen, das anspruchsvolle Wettbewerbsprogramm, das ein echtes Kampfprogramm unseres Kollektivs der sozialistischen Arbeit war, in allen seinen Punkten zu erfüllen und teilweise – was nehme ich denn da? na klar, 4. und 13. –, so in den Punkten vier und dreizehn, zu überbieten. Oha! Ach, jetzt habe ich dich doch geweckt, meine Liebe. Das tut mir sehr leid, aber ich bin schon fertig. Wie? Aber nicht doch, du Dummchen, nein, ja, fertig schon, aber doch nicht so. Ich verpflichte mich ...

1978

Schönheit zieht mehr, als Ochsen ahnen.

Lösung

Silberhochzeit. Die ist jetzt sehr selten.
Darum, will ein Mitmensch sie begehen,
dann laßt, bitteschön, die Jahre gelten
aus der Summe aller seiner Ehen.

Erst wirft man sich etwas vor, dann nach.

Minnesang- und klanglos

Amor ist der Gott der Minnen,
und die Ehe ist sein Lohn.
Aber hinter deren Zinnen
herrscht Gott Amortisation.

Alte Liebe kostet nichts.

Eintracht

Ein Ehepaar lag jahrelang in Streit.
Nun lassen sich die beiden
zum Abschluß altgewohnter Zwistigkeit
in trauter Eintracht – scheiden.

Stabilitätliches

Gelobten zwei: Ein Leben lang
zieh'n wir getreu an einem Strang.
Dann stellten sie sich an das Seil.
Nur – Hinterteil an Hinterteil.

Double

Ein Mitmensch, der daheim, als Gatte,
noch niemals Grund zur Freude hatte,
vermöchte doch so leicht zu jubeln:
Er müßte nur den Hausfreund doubeln.

Bigott, mein Gott

Wer noch in erster Ehe lebt,
verfällt leicht der Bigotterie.
Denn keiner, der den Finger hebt,
und der ihn fragen würde, wie.

Auch Prostituierte waren ehedem Jungfrauen.

Einer von uns aus der DDR

Kasanke ist ein Mensch wie du und ich. Strebsam, ehrlich, bescheiden, immer zufrieden und gut aufgelegt. Was Wunder also, daß ihn alle Leute mögen wie ihr eigenes Spiegelbild. Das umso mehr, als auch er nicht hundertprozentig frei ist von kleinen Fehlern. Kasankes Schwachstelle ist zwar selten, aber vielleicht wird sie ihm gerade deshalb hochherzig verziehen, zumal sie auch tatsächlich kaum jemals irgendwen ernsthaft stört. Er ist einfach höflich. Immer und überall. Er duzt nicht alle und jeden, wirft seinen Abfall nicht einfach auf die Straße oder über Nachbars Zaun, nimmt beim Grüßen die Hände aus den Taschen, stellt sich stillschweigend in diverse Schlangen und hilft ohne alle Hintergedanken. Einfach so. Wie wir alle. Gerade im Bus fällt das seit Jahren immer wieder ins Auge. Keine junge Mutter, der er nicht, ohne mit der Wimper zu zucken, schon irgendwann ihren Babytransporter hinein- oder herausgehoben hätte, kein Rentner und kein Kind, die nicht schon auf seinem Platz zu sitzen gekommen wären, kein Jugendlicher, der nicht den Sitzplatz behalten konnte, weil Kasanke seinen räumte, wurde einer benötigt. Und war wer schwer beladen, Kasanke übernahm stets einen Teil der Last auf seine Schultern.

Nur ein einziges Mal fiel er aus der Rolle. Eines Tages, der Bus war rammeldicke voll, stand neben seinem Sitzplatz eine zum Erbarmen bepackte Frau. Ungerührt blieb Kasanke sitzen, ohne diese Person auch nur eines Blickes zu würdigen. »He, Opa«, rüpelte ihn ein angehender junger Akademiker von seinem Fensterplatz aus an, »willste die Olle nich sitzenlassen?« Er sagte wirklich »sitzenlassen«, aber alle wußten selbstverständlich sofort, was er meinte. Kasanke stutzte zwar zunächst ein wenig, fing sich aber rasch und entgegnete in ausgesuchtem Deutsch: »Verzeihen Sie, mein Herr, aber das ist nicht nötig. Die Dame ist meine Gattin.« Da ging ein allgemeines Aufatmen durch die Reihen. Ja, der Kasanke ist wirklich einer von uns aus der DDR.

Stöhnen ist die halbe Arbeit – Motto öffentlicher Häuser.

Leipziger Messebulletin

Herr Tristan erklärte in Hamburger Deutsch,
er sei für die Wiedervereinigung.
Er sagte es, das zur Bereinigung,
zum wohlfeilen Dämchen Isolde aus Leutzschen.

Für den Sparsamen

Auch Zwillinge aus einem Ei
sind wie wir alle: Höchst komplett.
Drum, Ökonomen, eilt herbei!
Deckt die Reserven auf. Im Bett.

Ehebruchstückhaftes

So mancher Mitmensch, würde man ihn fragen:
Was macht denn dein Familienmilieu?,
vermöchte nichts als diesen Satz zu sagen:
Ein Wort genügt uns zum Fauxpas de deux.

Potenziell

Man liebt sich meistenteils konkret,
zuweilen auch abstrakt.

Im zweiten Fall ist man Poet.
Im ersten aber nackt.

Keine Moralpredigt

Ich bin kein Mann für eine Nacht!
Das heißt nicht, ich bin prüde.
Ich bin nur abends nach um acht
stets nolens volens müde.

Domino vobiscum

Wer ihn von ferne kannte, wollte ihn beneiden
ob seiner Menschenführungskunst mit leichter Hand.
Nur seine Frau, die mochte diese Hand nicht leiden,
weil sie zu oft in deren nächster Nähe stand.

Einsatzbereitschaft

So mancher Chef, der überläßt gewöhnlich
dem Stellvertreter alles, doch man weiß,
in einem Fall tut er's um keinen Preis:
Die Sekretärin küßt er stets persönlich.

Tränen

Sie lagen sich am Flugplatz in den Armen.
Wie Kerzen, die sehr fest verschmolzen sind.
Es war ein Anblick recht zum Gotterbarmen.
Die Augen tränten. Doch das lag am Wind.

Verdichtung

Hätte ich bei dir drei Wünsche frei,
natürlich würde ich da nicht verzichten, nee!
Nur würde ich die Mehrfachwünscherei
zu einem Summenwunsch verdichten.
Ich würde einfach sagen: Geh!

Der Weg zur Hölle ist mit hohen Absätzen gepflastert.

5

Die Musen verlangen Einsamkeit, und nichts verjagt sie eher als der Tumult.

Lessing

Die andere Möglichkeit

Wo man singt, da laß dich ruhig nieder.
Aber stimmt wer nicht mit ein,
muß er doch nicht böse sein.
Gar nicht selten schläft er nur ganz bieder.

Neue Musik und neues Sauerkraut haben eins gemeinsam:
Sie schlagen auf den Darm.

Überholter Dichter

Kommen Grillen, die dich plagen,
wiege sie mit Liedern ein.
soweit Geibel. Aber nein,
mit Musik aus unsern Tagen
wird das nicht zu machen sein.

Was der Rede nicht wert ist, läßt sich noch bestens aufschreiben.

Sieg des Schamgefühls

Fürchtegott Ehrentraut war einst praktizierender Chorsänger mit einer nicht uninteressanten Varietät von Baßstimme gewesen und hatte es damals bis zur Kaffeekantate gebracht – nicht blattsicher zwar, aber immerhin. Fürchtegott verstand sich also auf die Musik. Dessen war er sicher. Außerdem war er mittlerweile auch beruflich avanciert und gestandener Koch geworden. Neben dem einst besungenen Türkentrank bereitete er nun täglich wohlschmeckende Gerichte. Doch wie die Jungfern Coffeeschwestern bleiben, ließ Fürchtegott das Mausen nicht. Sein Herz nämlich schlug noch immer für die Musik, auch wenn es das Blut ziemlich trivial in seine sauerkrautrührenden Hände pumpte. Also suchte er hin und wieder Händel, aber auch Gluck, Bach und andere im Konzertsaal zu konsumieren, zu denen er, der er doch nun täglich gleichfalls schöpfte, sich geistig noch viel stärker als ehedem hingezogen fühlte. Eines solchen Konzertabends saß daher unser Fürchtegott auf seinem Stammplatz und wartete wieder einmal retardiert auf die wohlvertrauten Schallwellen. Seit mindestens einer Stunde benahm sich das Orchester in nachgerade empörender Weise undiszipliniert. Jeder tat, was er wollte, und alle waren sich offenbar darin einig, dem Dirigenten eins auszuwischen, der wild gestikulierte, um die Bande wieder zu knüpfen. Vergebens, wie Fürchtegott bald merkte. Das war die Anarchie im Konzertsaal, das war konzertanter Verkehrslärm mit Urwaldgeräuschen. Das war das Chaos. Kaum war der Absturz einer grellgelben Lokomotive verklungen, gebar ein Nilpferd einen unrund laufenden Zweitaktmotor, der sofort eine Kreissäge rundzuschleifen begann, wogegen wiederum ein Herr in dunklem Anzug wortgewaltig protestierte. Plötzlich herrschte dann aber doch Ruhe. Der Kapellmeister drehte sich zuschauerwärts – das Gesicht, Gottchen, das leidgequälte Gesicht des armen Mannes! – und verbeugte sich, das Orchester, der Herr im dunklen Anzug, das Publikum, sie alle standen voreinander auf, verbeugten sich unerwartet artig oder schlugen die Hände zusammen und – gingen. Aus. Fürchtegott war ratlos. Was war geschehen? Da fiel ihm ein liegengelassenes Programmheft in die Hände. ›In Abänderung unseres Programmes‹, stand da, ›erklingt heute die elfte Kantate des Komponisten Fried Karbonarius, zweifachem Gewinner des Blechernen Notenschlüssels für Neue Musik als Mittel zur Steigerung der Arbeitsproduktivität. Mit seinem Werk ›Tanz der Planierraupe‹ ist es ihm gel . . .'

Fürchtegott erstarrte. Das also war des Rätsels Lösung. Geräusche, die seit Jahrzehnten als Neue Musik bezeichnet wurden, hatten seine musische Seele drangsaliert. Nur, daß gelernte Komponisten solche Erzeugnisse herstellten, das hätte er sich nicht träumen lassen. Selbst bei angestrengtestem Nachdenken wäre er günstigstenfalls auf eine psychiatrische Rehabilitationseinrichtung verfallen, aber doch nicht auf so eine Lösung. Was lag somit in einer ersten Gefühlsaufwallung näher, als mittun zu wollen. Ruhm und das große Geld würden sich schon einstellen. Als erstes Projekt könnte man ja den ausgedienten Roller aus fernen Kindertagen mit der Eisensäge zerteilen, danach die Einzelteile die Treppe hinunterwerfen und sie fünf Minuten lang gegen die Mülltonne schlagen, die dabei aufgewirbelte Asche einatmen und, so beflügelt, kräftig husten. Würde das alles auf Band aufgezeichnet, so könnte man bereits am nächsten Tonbandwettbewerb für Neue Musik teilnehmen. Dann aber siegte sein Schamgefühl. Braver Fürchtegott Ehrentraut, braver Koch, der sich auf die Musik verstand und der deshalb neuem Sauerkraut endgültig den Vorzug vor Neuer Musik gab.

Traumhaft

Minister unterliegen Zwängen.
Sie müssen reden. Wenn sie sängen!
Es sänge auch das Volk. Im Chor.
Ein Traum. Man stelle ihn sich vor.

Wer auf alles pfeift, ist nicht zwangsläufig wenigstens musikalisch.

Wortwörtlich genommen

Er kaufte ein Billett für zehn Mark zehn
und ging in die Dreigroschenoper. Brecht,
fand er, mit seinen Preisen war nicht schlecht.
Nur wo kriegt man den Rest zurück? Durch wen?

Regierungserklärung

Ein falscher Ton, mag er sich stützen
durch ein Korsett von hundert Phon,
bleibt, was er ist: ein falscher Ton.

Kenner

Gepackt saß er. Das Stück war längst vorbei.
Er aber saß. Ergriffen bis zum Grund.
Doch als er hörte: Komponist – Karl May,
rief er empört: Verdammter Schund.

Fachwelt

Die Fachwelt sagt, der Rabe sei ein Sänger.
Der allergrößte in Europa gar.
Man preise drum die Nachtigall nicht länger.
Zwar ist von den genannten Stärken,
sosehr man hinhört, nichts zu merken.
– Die Fachwelt sagt es. Also ist es wahr.

Plädoyer

Wo die Macht des Wortes endet,
sagt man, bleibt Musik potent.
Nun, wer so die Sprache schändet
– ob er sie wohl wirklich kennt?

Die wenigsten, die den Götz zitieren, sind gebildet.

Analogie

So manch Talent, kaum hat man's aufgetrieben,
beschert es uns sein Blablabla
– und wäre, wie Amerika,
gewiß am besten unentdeckt geblieben.

Verlustgewinn

Eisverkäufer, Polizisten,
alle sind jetzt Spezialisten.
Und so blieb der Takt im Lande
nur dem Musikantenstande . . .

Kehrseite

Tanzen. Was dagegen spricht?
Man muß im Schmuck von bunten Bändern,
ob man's möchte oder nicht,
fortgesetzt den Standpunkt ändern.

Flügellahm

Wenn Stare altern, lassen sie die Flügel hängen.
Naturgesetze regeln dann den letzten Rest.

Und alte Stars? Die folgen völlig andern Zwängen.
Die binden sich zur Not an einem Flügel fest.

Nationalhymne

So wie Sahne ohne Torte
– eine Hymne ohne Worte.

Interview mit dem Kabarettisten D

R: Willkommen im Studio. Oder wie muß man einen Kabarettisten begrüßen? Haben Sie vielleicht so etwas wie einen speziellen Gruß? Spieß auf ... Oder etwas in dieser Art?
D: Ach wo. Wir Kabarettisten sind ganz normale Leute wie alle anderen auch hier in Deutschland.
R: Da geben Sie mir ein gutes Stichwort. Deutschland. Sie sind unbestreitbar einer unserer profiliertesten ...
D: Naja, bei aller Bescheidenheit, ich kann da nicht klagen.
R: Das heißt aber doch, daß Sie über so ziemlich alles, was hierzulande passiert oder eben auch nicht passiert, bestens im Bilde sein müssen, sonst ...
D: Der gute Kabarettist muß immer über sein Umfeld bis ins kleinste orientiert sein.
R: Warum?
D: Ja, wissen Sie, eine Regierung kann es sich leisten, andauernd am Volk vorbeizureden ...
R: Und die Opposition?
D: Die auch, ganz klar. Aber beide kommen sich dabei nicht einmal selber komisch vor. Wir Kabarettisten aber leben davon, daß wir die Leute zum Lachen bringen.
R: Können Sie gut davon leben?
D: Ich schon. Andere nicht.
R: Kabarettisten?
D: Auch.
R: Wie macht man das eigentlich, gut davon zu leben?
D: Man lebt gewissermaßen auf Kosten der anderen, und das ist bekanntermaßen schon immer einträglich gewesen.
R: Sie kommen viel herum. Sie bereisen mit Ihrer Tournee die gesamte Bundesrepublik. Gibt es da nicht Schwierigkeiten zum Beispiel mit den Dialekten? Ich könnte mir denken, es ist ein Unterschied, ob man in Ostfriesland oder in Oberbayern ...

D: Das ist nicht so. Deutschland ist eigentlich überall gleich. Sicher, ein bißchen umstellen muß ich manchmal mein Programm schon, aber Schwierigkeiten? Nein, also wirklich, die deutsche Mentalität ist nach meinen Erfahrungen überall gleich.
R: Nun fahren Sie aber, wie ich weiß, auch durch die übrige Welt. Ich stelle mir das außerordentlich schwierig vor.
D: Sicher sind Auslandsgastspiele schwierig, aber das macht sie so reizvoll. Da muß man sein Englisch aufpolieren und sich auch intensiv mit Frankreich befassen oder mit Japan.
R: Japan? Sprechen Sie denn japanisch?
D: Nein.
R: Und Sie haben dort dennoch Erfolg?
D: Das weiß man bei den Japanern nie so genau. Die sind so furchtbar höflich. Honorar habe ich jedenfalls bekommen.
R: Wie schön für Sie. Leider ist unsere Sendezeit um. Ich danke Ihnen sehr und weiter toi, toi, toi. Zum Abschluß nur noch eine Frage: Wie sieht ihr jetziger Tourneeplan aus?
D: Ich reise mit meinem Programm O du mein Deutschland durch ganz Deutschland. Das kann ich nicht alles aufzählen.
R: Gehen Sie, das aber nun wirklich als allerletzte Frage, gehen Sie mit diesem Programm O du mein Deutschland auch ins Ausland?
D: Ja. Zuerst in die DDR . . .

Unter Wert?

Ein Opernglas. Man lieh sich's aus
und trug's ins Operettenhaus
– wo's allsogleich im ersten Rang
entrüstet von der Brüstung sprang.

Sittenwandel

Singe, wem Gesang gegeben,
lautet Uhlands alter Hut.
Heut' verlangt ein Sängerleben
oft nicht mehr als Heldenmut.

Ergänzung zu Goethe

»Erlaubt ist, was gefällt.«
Für Goethe war's bequem.

Heut fragt dich alle Welt
als erstes skeptisch: Wem?!

Wie man empfindsam schreibt

Man sitze still bei einem Schoppen Wein
und schneide Zwiebeln, bis die Tränen fließen,
in einer lauen Nacht im Sonnenschein,
man dichte, während rings die Knospen schießen:
Was so entsteht, das muß gefühlvoll sein.

Verwechslung

Sie hatte, was ich wirklich nicht verhehle,
wenn schon nicht eben wirkliches Genie
so doch ein Stück Talent in ihrer Kehle.
Fatalerweise nur war's die am Knie.

Gewisse »Lyrik«

Ein schlechter Prosatext, der senkrecht steht,
besorgt schon, daß er, was er ist, auch bleibt,
selbst wenn man stolz ›Gedicht‹ darüberschreibt:
Ein schlechter Prosatext. Der senkrecht steht.

Erklärung

Den Dichter und den Maler mag's verdrießen:
Selbst schlechteste Musik hat Publikum.
Doch klärt sich alles auf, fragt man, warum:
Die Ohren kann der Mensch nicht einfach schließen.

Zukunftsmusik

Konzertsaal Welt. Welch herrlicher Gedanke!
Kein Lied macht halt an irgendeiner Schranke.
Wir werden hören, was die Zukunft singt.
Ich nehme an, sie kasatschokt und swingt.

6

Unglück ist künstlicher Herkunft und entstammt in der Regel unserer Torheit.

Goldsmith

Reparation

Ein Mitmensch, wie mit Zwecken an den Sohlen,
so trat er laut auf sicheres Parkett.
Doch machte er den Lärm auf schwanken Bohlen
durch exzellentes Leisetreten wett.

Krumme Sache

Man wirft dem Gegner Knüppel vor die Beine
und wünscht sich, jener stürzt der Länge lang.
Man schleudert wahllos. Große oder kleine,
gerade, schiefe – und vergißt das eine:
Was allzu krumm ist, wird zum Bumerang.

Toleranzig

Ist einer anders als das Einerlei,
beginnt das ewig gleiche Spiel.
Kaum taucht er auf, und sind gleich Plätze frei,
dann heißt es: Jetzt ist einer hier zuviel.

Die neue Sinfonie

Seid umschlungen, Millionen!
Der das dachte, welch ein Mann!
Leider war er ungenau.

Daher fügten Epigonen
der Exaktheit wegen schlau
bald schon ›Mark‹ dahinter an.

Nutzeffekt

Ein Boxer hatte keine Chance.
Im harten Fight ward er zurechtgestutzt.
Da rief er, kaum noch bei Balance:
Ich habe, was ich hatte, voll genutzt.

Zwei zu eins

Drei Menschen. Zwei in dürftigem Geplauder.
Sehr laut, sehr oberflächlich. Einfallslos.
Der dritte schweigt. Ihn packt ein leiser Schauder.
Schon höhnen beide: Seht den Trauerkloß.

Doktorheit

Ich hätte keinen Grund mich zu beschweren?
Ein Leben lang im weißen Kittel
mit Stethoskop und Doktortitel.
Durchaus. Wenn nur nicht die Patienten wären . . .

Praxisnähe

Examen. Prüfungsthema: Toleranz.
Der Prüfling hüllte sich in Schweigen.
Zunächst. Dann sprach er: Firlefanz!
Dir, schrie der Prüfer, werd' ich's zeigen . . .

Optimismus

Welch Sommertag! Wie schön er ist.
Und lang. Auch nachts bleibt's hell. Weißgott nicht schlecht.
So sprach am Pol ein Optimist.
Er wurde schneeblind. Aber hatte recht.

Los

Ein Mitmensch, wie er seine Hühner füttert,
und weil er klug ist, so ganz allgemein,

erkennt sein Los, das ihn zutiefst erschüttert:
Nicht mal ein Huhn, nein, nur ein Mensch zu sein.

Habenseite

Meine Bilanz war recht günstig. Sechstausenddreihundertsiebenundzwanzig Mark und vierzig Pfennige im Sparstrumpf sind schließlich nicht von Pappe. Andererseits stellen sie natürlich ein nicht unbeträchtliches Sicherheitsrisiko dar. So entschloß ich mich nach reiflicher Überlegung, zu einer noch moderneren Sparform überzugehen, zumal sich die Gelegenheit dazu als recht günstig erwies. Für nur viertausendvierhundertachtundzwanzig Mark konnte ich nämlich, durch einen unglaublich glücklichen Zufall über alle Maßen begünstigt, einen garantiert feuerfesten und diebstahlsicheren Geldschrank erwerben, den mir zudem einer meiner besten Freunde, meinem Wunsch entsprechend, sofort bereitwillig mit Tarnfarbe überpinselte und dafür nur wenig über den Einkaufspreis der Farbe, die er aus seinem Betrieb hatte mitgehen lassen können, berechnete. Lumpige zweihundert Mark. Und ich hatte auch weiterhin Glück. Den anschließenden Transport des Monstrums in meine Einraumwohnung übernahmen zehn selbstlose Kollegen meiner sozialistischen Brigade sogar während der Arbeitszeit. Was sind da schon fünfzig Mark pro Nase? Wer ein klares Ziel verfolgt, muß investieren. Der Maurer der kommunalen Wohnungsverwaltung hatte mir zuliebe seine Reparaturarbeiten liegenlassen, nur um mir uneigennützig für läppische neunhundert Mark eine maßgerechte Nische in die Mauer zu stemmen. Als wir dann meinen Panzerschrank in besagte Ecke wuchteten, geschah auch das so gut wie reibungslos. Lediglich für zirka zweihundert Mark Linoleum ging in die Binsen. Also bei über sechs Mille nicht der Rede wert. Und dann der große Moment: erschöpft und schrecklich glücklich zugleich deponierte ich mein gesamtes verbliebenes Barguthaben im Tresor.

1972

Georgius Agricola, seine Geburtsstadt und die neue Zeit

Die Amerikaner waren aus Glauchau schon längst wieder abgezogen. Jetzt war eine neue Stadtverwaltung im Amt, und durch die Stadt ratterten die eckigen LKW vom Typ SIS. Man sah sie auf allen Straßen. Sie hatten Kohle geladen und Kohl. Immer wieder Kohl, den die Russen so gerne essen. Vom Bahnhof kommend, führte ihr Weg auch regelmäßig durch die Agricolastraße, wenn sie in die Hammerkaserne keuchten. Da sagte eines Tages der Bürgermeister im Rat, das müsse man verändern. Es wäre den Befreiern doch nicht zuzumuten, daß sie ausgerechnet durch eine Straße zu fahren hätten, die so böse Erinnerungen an die Zeit der Ausbeuter wecke.

Die Zeit von Coca Cola und Agri Cola sei gottseidank – und für dieses Wort entschuldigte er sich konsequenterweise sofort – ein für allemal vorbei.

So kam Glauchau um seine Agricolastraße.

Träumerei

Du liegst im Gras. Hoch über dir die Sterne.
Unendlichkeit, denkst du. Und ich davon ein Stück.
Das sirrt und flirrt. Du wirst zum Teil der Ferne,
ein Molekül des Alls. Und bliebst es gerne.
Doch dann holt dich dein Mietvertrag zurück.

Erröten zeigt nicht an, daß man die Farbe gewechselt hat.

Kauft wem die Courage ab, und er wird noch dafür zahlen.

Vorsprung

Man geht, der Langeweile zu entfliehen,
so oft man irgend kann, von Ort zu Ort.
Doch sie, vor der wir ständig Leine ziehen,
ist immerzu um Längen vor uns dort.

Detailfrage

Eine Wüste. Negativ betrachtet: Sand.
Der Optimist dagegen sieht in ihr viel mehr:
Einen wunderbaren riesengroßen Strand,
dem nur ein winziges Detailchen fehlt: das Meer.

Kausalität

Ein Mitmensch war bescheiden. Und
er hatte dazu allen Grund.

Format

Er ist ein stiller Mitmensch von Format.
Und wendet ihr dagegen ein:
A 7! Und das sei zu klein . . .
Nicht für die Hände an der Hosennaht.

Anklage

Ein Mitmensch hatte eine Nacht durchgrübelt.
Nun lag der neue Tag im Schein des Lichts,
jedoch ihm dämmerte auch jetzt noch nichts.
Da schrie er: Sonne, das sei dir verübelt!

Schneckentempo

Er sei zu langsam, lauteten Beschwerden.
Und allsogleich, zu gutem Zwecke,
machte man den Mann zur Schnecke.
Es hieß, nun würde er wohl schneller werden.

FKK, eingeschränkt

Ein Mensch am Strand. Die Hüllen fallen.
Er zeigt sich ganz und zeigt sich allen,
doch gilt selbst dann für sein Gesicht
solch Maß an Offenbarung nicht.

Beinstellung

Manch Bein ist herrlich wie der Koh-I-Noor,
doch sei die Lust darauf dezent vergällt:
Es schützt dich seine Schönheit nicht davor,
daß man es dir auf's ordinärste stellt.

Kollision

Du hast das Recht zu vielen Sachen.
Zum Beispiel: Dich verständlich machen.
Die Gegenseite aber hat die Pflicht,
nach der sie dich verstehen müßte, nicht.

Schlußfolgerung

Ein Mitmensch las von einer Überschwemmung.
Und sofort war er voller Mitgefühl,
exakt: voll egozentrischer Beklemmung.
Er hatte seine Wanne im Kalkül.

Lob-Hudelei

Da war ein Mitmensch, und der sprach:
Ich trage keinem etwas nach!
Man lobte ihn. Jedoch der Grund
war lediglich – Gedächtnisschwund.

Was immer man sich für eine Suppe einbrockt, sie endet da, wo alle Suppen enden.

Verdächtig, ein guter Mensch zu sein

Sein Nachbar brach sich einst das Bein.
Er hat darüber nicht gelacht.
Seit damals steht er allgemein
in diesem scheußlichen Verdacht.

De luxe

So ist die Welt von heute:
Ob Glatze oder Lockenkopf,
es haben viele Leute
ein Instrumentenbrett vorm Kopf ...

Wortwörtlich

Die Ohrenbeichte. Hier sitzt du, dort er.
Ein Hirte seiner Schafe auf dem Feld,
der dich von deiner Schuldenlast befreit?
Versuch's. Nimm ihn beim Wort – und pump' dir Geld ...

Wer schläft, der kündigt nicht.

Interpunktion

Ach, es ist schon eine Strafe,
nicht das Komma nur wird jetzt,
auch der Punkt wird falsch gesetzt.
Wie zum Beispiel in »Der brave
Mann denkt an sich. Selbst zuletzt.«

Mach deinen Kratzfuß, und du wirst noch
fürs beschädigte Parkett gescholten.

Schick, schicker, Schickse

Ich bin nicht schick, fand sie. Fatal!
Und wenn ich etwas trickse?
Sie griff ins Puderarsenal.
Da wurde sie zur Schickse.

Prediger

Ein Mitmensch war ein Meister frommer Sprüche.
Sie waren das, worauf er sich verstand.
Doch da das eben alles war, verschwand
er ziemlich unverhofft in Teufels Küche.

Verlogenes Volkslied

Das Wandern. Vom Wasser hätten wir's gelernt?
Erlogen ist's. Von A bis Z.
Denn jeder von uns weiß, kein Fluß entfernt
sich ohne Not aus seinem Bett.

Ihm stand das Wasser bis zum Hals,
so sehr saß er auf dem Trockenen.

Fällt uns ein Stein vom Herzen, rollt er nicht selten
vor die eigenen Füße.

Neureichs Halali

Die große wilde Jagd ist unser Leben.
Die Jagd nach Geld. Sie ist ein Fieberwahn.

Zum Kotzen! Doch wenn wir uns übergeben,
dann immerhin in Meißner Porzellan.

Hat man einen Bock geschossen, kann keiner
ihn mehr zum Gärtner machen.

Vorurteil

Im Ausland klauen alle wie die Raben,
sprach Fahrradfahrer X und fuhr nach dort,
sehr froh, sein Fahrrad nicht dabeizuhaben.
Das stand zu Hause sicher. Im Abort.
Er bekam bekehrt zurück. Da war es fort.

Denkste

Ein Mitmensch wünschte: Einmal bloß
wär' ich so gern gedankenlos.
Und strengte für das Ziel sodann
gleich sämtliche Gedanken an.

Im Wein liegt Wahrheit. Wir sind ein biertrinkendes Volk.

Attest

Ein Mitmensch. Klug. Gebildet. Ein zweiter. Ziemlich dumm.
Ein Pöstchen. Alle beide bewarben sich darum.
Man prüfte die Papiere. Der zweite hatte sie.
Nun leitet er den ersten. Und reicht ihm bis ans Knie.

Ei ist Ei. Was soll uns also Kolumbus?

Leumund

Ein Mitmensch, der fast immer schweigt,
wird leicht als Vorbild hergezeigt.
Auch wenn er denn, hält er sein Maul,
nichts weiter ist als einfach faul.

Helft einem übern Berg, schon ist er über alle Berge.

Wahre Freundschaft

Er war in Not. Um ihm nicht auch zu schaden,
vermied ich es, mich ihm noch aufzuladen.
Nun, wo er oben ist, will ich mich sputen:
Jetzt ist ihm meine Freundschaft zuzumuten.

Schein und Sein

Ein Mitmensch knirschte mit den Zähnen.
So lag es scheinbar auf der Hand,
sein Kopf sei voll von bösen Plänen.
In Wahrheit steckte der im Sand.

Anlaufbahn

Ein Mitmensch tutete ins Horn:
Ich mache einen Sprung nach vorn!
Da wußte man, jetzt geht's ein Stück
des Wegs zum Anlaufpunkt zurück.

Wenn ein Prediger in der Wüste mit den Zähnen knirscht,
liegt das nicht am Sand allein.

Sprachkultur

Es wimmelt gradezu in deutschen Ländern
von Blütenstudios und Floristikcentern.
O Gott! Doch laßt's der Muttersprache schaden:
Ein Blumenladen bleibt ein Blumenladen.

Hinteransicht

Ein Mitmensch. Eine Aureole.
Komm', sprach er, tu', was dir gebührt.
Tritt hinter mich. Zu deinem Wohle.
Da war ich hinters Licht geführt.

Mittel und zwecklos

Ein Mitmensch griff sich einen dicken Knittel
und schlug dem Nachbarn einen blauen Fleck.
Ganz grundlos. Nur zur Probe auf den Schreck.
Ein Prototyp für jene, die die Mittel
besitzen, aber keinen rechten Zweck.

Öffne wem die Augen, und er wird dich schon bald
nicht mehr ansehen.

Grau gegen grau in grau

Betrachtet man sie ungenau,
erscheint die Erde grau in grau.
Jedoch mit seinen grauen Zellen
kann man das Bildnis richtigstellen.

Drückt mir die Daumen, sagte der Delinquent,
als man ihm die Daumenschrauben anlegte.

Polarisation

Schon immer zog es Menschen zu den Polen.
Ein Teil kam wieder heim, ein Teil erfror.
Von mir aus soll das Eis der Teufel holen.
Ich ziehe mir da doch die Polin vor.

Es gibt kein deutsches Wort für Humor – es hieße denn Bier.

Herzenssache

Er trug stets das Herz in der Hand vor sich her.
Sehr offen, sehr stolz und sehr ungeniert.
Er dachte von sich, na, was wollt ihr noch mehr!
(Das Herz war ihm auf die Hand tätowiert.)

Man kann Hürden auch nehmen, indem man sie umgeht.

Fadenkreuz

Ein klitzekleiner Geist. Von hier und jetzt.
Bloß einer also von den vielen,
die rasen, falls man sie nur leicht verletzt.
Drum heißt es, sehr präzis zu zielen.

Wer die Engel singen hört, ist nicht a priori gottesfürchtig.

Freie Wahl

Mädchen, freche oder zahme,
euch allen steht heut' alles frei
bis hin zur Weltraumfliegerei.
Selbst – bei Pech – ein Los als Dame.

Fiedelitas

Als Kind erhielt er seine erste Geige.
Und lange Zeit hat er sie dann gespielt.
Er wurde Mann. Die Gabe ging zur Neige.
Nie wieder hat er ähnliches erzielt.

Post hoc, ergo . . .

Ein Mitmensch hielt nicht viel von Lorbeerkränzen.
Sie würden meist am falschen Mast gehißt.
Doch seit sie auch auf seiner Stirne glänzen,
ist er ihr glühendster Protagonist.

Sprich nie gegen eine Wand. Sie könnte sich auf dich stürzen.

Reziprokes

Auf einen Streich, da fielen vormals sieben.
O wunderschönes Kindermärchenreich,
wo bist du denn, verdammt nochmal, geblieben?
Jetzt braucht man sieben Mann für einen Streich.

Spare was, so hast du. Was?

Fehlprognose

Ein kleiner Fisch. So hieß es: Laßt ihn frei
als Köder für den Hecht im Karpfenteich.
Er schwamm und wuchs. Bald war er wie ein Hai
und fraß sie alle auf. Mitsamt dem Laich.

Publikum

Das Münster klagte: Seht doch her,
wie groß ich bin. Wie groß und leer.
Ein Bauwerk in Bedrängnis.
Ach, wäre ich Gefängnis!

Festland

Es irrt sich, das sei festgestellt,
wer, nur weil es dort trocken bleibt
und Sandkorn sich an Sandkorn reibt,
sein Land schon für ein Festland hält.

Wer gerne auf der Bärenhaut liegt, zieht sich dabei selbst das Fell über die Ohren.

Pech

Du nennst es Pech, wenn nachts die Flöhe stechen?
Dem ist nicht so. Der Stich ist nur Produkt
von menschlich-tierischen Berührungsflächen.
Und Pech wär's, wenn's dich bloß im Traume juckt.

Unerwartet geruchsintensiv

Das war sein allergrößter Wunsch von allen:
Im Leben möglichst niemals aufzufallen.
Als braver Bückling suchte er sein Heil.
Und so entstand genau das Gegenteil.

Höchststrafe

Da hat ein Mitmensch mehrere Gesichter.
Nicht eines, das er nicht zu tragen wüßte.

Man wünschte ihm ein Urteil strenger Richter,
nach dem er allesamt rasieren müßte.

Unheil, nimm deinen Laufpaß.

Verkannibalhornt

Wer je am Strand für FKK
im Öle Menschen rösten sah,
gedenkt voll Grausen des fatalen
Appetits der Kannibalen.

Zuchttier

Die Schlange tanzt zum Flötenspiel.
Warum jedoch in aller Welt
gehorcht sie diesem Instrument?
Sie hört doch, wie man weiß, nicht viel.
Ganz einfach: Weil sie es verkennt
und schlicht für einen Knüppel hält.

Designum

Der Gott, der Eisen wachsen ließ,
zuallererst schuf er den Mann,
und der, noch eben Lehm, fing an
zu denken. Resultat: Der Spieß.

Parklücke

Seht her, ich gehe oft in mich.
So prahlte er und lobte sich.
Nur traf er leider immer dann,
wenn er es machte, keinen an.

Tun und Denken

Ein ›lieber‹ Gast. Mit hundert Böllerschüssen
empfängst du ihn vor deinem Haus.
Genauso läßt du ihn hinaus
und denkst: Es hätte einer treffen müssen.

Schwung und Gegenschwung

Ein Mitmensch, der in voller Absicht laut
mit beiden Fäusten auf die Pauke haut,
spreizt meist sogleich die Finger und dämpft schnell
das eben kühn in Schwung gebrachte Fell.

Weg der Besserung

Ein Mitmensch frönte jahrelang
dem absoluten Müßiggang,
bis er sich schließlich doch besann
und mit dem Däumchendreh'n begann.

Unernste Menschen sind bei passender Gelegenheit
ernsthafte Unmenschen.

Neujahrsalp eines Pessimisten

Silvester. Bleiguß. Nun ist soviel klar:
Dreihundertvierundsechzig Tage weinen!
Dreihundertvierundsechzigmal im Jahr.
Nicht aber: Was bedroht mich an dem einen?

Sammlerseufzer

Ach wie gut, daß niemand weiß,
daß ich Gerümpelstielzchen heiß.

Verkoppelt

... weil pro Jahrzehnt das Wissen sich verdoppelt ...
Ein Mitmensch las das, und er merkte auf.
... das Wissen sich ... Sein Ruf: Da wart ich drauf,
bewies, die Gegensätze sind verkoppelt.

Ersatz

Ein Mitmensch, der, im Schlafgewand,
zur Mittagszeit den Mond nicht fand,
nur Sonnenschein an dessen Platz,
rief: Ekelhaft! Ersatz, Ersatz!

Wer A sagt . . .

Weint wer ins Hemd an deiner Brust,
dann mußt du stets gewärtig sein,
mit ganz genau der gleichen Lust
schneuzt er sich hinterher hinein.

Schnorchel

Er reckte seine Nase in den Himmel.
Doch eins entschuldigt immerhin,
was aussah wie ein arroganter Fimmel:
Ihm stand das Wasser bis zum Kinn.

Aufwand und Nutzen

Ein kleines Licht kann einen Saal erhellen.
Und ob. Was aber oft erfolglos bleibt:
Wenn, wie in einer ganzen Zahl von Fällen,
ein Kraftwerk eine Taschenlampe treibt.

Ersatzlösung

Ein Kind erklärte: Nein, ich kann nicht singen.
Da eilte unter Feldgeschrei
ein Lehrer für Musik herbei,
um ihm die Flötentöne beizubringen.

Kernfrage

Was ist auf Erden nicht schon ausgestorben!
Nun fürchte ich, der Mensch stirbt auch bald aus.
Und hab' doch noch so viel Kompott im Haus.
Was wird damit? Es ist so rasch verdorben.

Wechselspiel

Man liebt es allgemein, das Leben,
und gibt ihm gern sein Bestes zum Geleit.
Wie schön. Jedoch beruht die Sache eben
nicht allzuoft auf Gegenseitigkeit.

Die innere Stimme stammt oft vom Mann im Ohr.

Reisemöglichkeiten

Rekreation im Wald? Woher!
Das Wort heißt Sand, Wind, Salz, heißt Meer.
Nur Einsamkeit der See kann Kräfte spenden.
Fragt die Millionen an den Ostseestränden.

Letzten Endes

Ein Mitmensch klagte: Mißgeschick!
Was bleibt mir noch? Der Griff zum Strick!
Das Mitgefühl der Welt erlosch,
als er das Tau nahm. Und sie drosch.

Wer sich nicht wäscht, ist ein Schmutzfink reinsten Wassers.

Glückskleeblattschuß

Ein Mann. Ein Kleeblatt. Ein Entschluß:
Ich bücke mich
und pflücke dich.
Da blieb er krumm. Mit Hexenschuß.

Ohnmacht ist Folge und Ursache gleichermaßen.

Was leicht von der Zunge geht, kann so viel Gewicht haben, daß es schwer im Magen liegt.

Je größer die Klinik, desto kleiner der Patient.

Verbunden

Die beiden saßen da, starrten sich an, und sie wußten nicht, ob sie nun weinen sollten oder lachen. Und wie alle Köpfe, die günstigstenfalls in der Lage sind, zwei Gedanken gleichzeitig umzuwälzen, die daher nur die Alternative kennen und nicht auch den Kompromiß, wie alle diese armen Köpfe kamen sie zu keinem praktikablen Ergebnis. Also saßen sie weiter da und starrten sich an. Auch in anderer Hinsicht als nur der der Rauminhalte ihrer Schädel könnte man sagen, daß ihre allgemeinen Voraussetzungen sich einigermaßen glichen. Der eine, der mit dem buntgefärbten Haar eines Skinheads, trug einen ungefähr flächendeckenden schneeweißen Kopfverband, aus dem lediglich ein

Auge und einige pinkfarbene Haarbüschel hervorlugten. Nase und Mund waren jedoch gänzlich frei. Der andere dagegen, der in der grauen Bluse mit den silberfarbenen Knöpfen, trug den fest umwickelten rechten Unterarm in einer Binde und ein Pflaster auf der Lippe, das, da es in Gotha hergestellt worden war, herabhing wie der Bart eines Walrosses. Beide konnten sie somit wegen der eben geschilderten Abweichungen von dem, was sie gewohnt waren, ihre Köpfe nicht auf die Arme stützen, was möglicherweise ein wenig zu deren Entlastung und dadurch zu einer differenzierteren Denkweise hätte beitragen können. Und so war kaum wenig mehr als zirka eine Stunde vergangen, schon brach der Kopfverband das Schweigen. Scheiße, sagte er, und das klang irgendwie feindselig. Der Unterarm horchte auf, ließ ausreichend Zeit verstreichen und pflichtete, noch um eine Idee misanthropischer, bei. Große Scheiße sogar, murmelte er ins Pflaster, das dabei wie ein fröhliches rotes Fähnchen höhnisch in der warmen Atemluft flatterte. Danach erlagen beide wieder ganz der Tristesse des Raumes, in dem sie sich befanden. Lachen oder Weinen blieb ihr einziges Gedankengut. Als das Telefon zu schrillen begann, zuckten sie zusammen wie Pfarrerstöchter, die man in einem Pornokino erwischt. Und das tat ihnen weh.
Schließlich griff der Kopfverband zum Hörer und lauschte in die Muschel. Lange. Und wie er so lauschte, nahm sein Gesicht einen zunehmend schadenfrohen Ausdruck an. Verstanden, jawoll, schnarrte er und legte auf. Du ahnst nicht, wer das war, sagte der Kopfverband. Und ob, sagte der Unterarm, das war der Alte. Genau. Und weißt du, was er gesagt hat? Er dankt uns für unseren vorbildlichen Einsatz. Das nächste Mal aber, hat er entschieden, mußt du dich als Demonstrant verkleiden. Und dann haue ich dir eins auf die Rübe. Das ist Fakt, mein Lieber. Gerechtigkeit muß schließlich sein!

Ehe man dir Beine macht, bewege die eigenen.

Dieser und jener

Ein braver Mitmensch riß zu allen Zeiten
sich seine Beine aus. Für einen zweiten.
Erfolgreich. Was daran zum Himmel stinkt?
Der Spott von diesem, daß nun jener hinkt.

Wer sich zu oft an die eigene Brust schlägt, wird bald husten.

Kein Denkzettel nimmt dem Gehirn die Arbeit ab.

Ein Furz ist noch kein Beweis für ein intaktes Innenleben.

Weidmannslust

Ich werde dir, sofern du einmal leidest,
zur Seite stehen, sprachst du. Ich war froh.
Doch dann besann ich mich. Das klang ganz so,
als ob du dich an dem Gedanken weidest.

Applausige Leute

Im überfüllten Bus hätte man eine Stecknadel zu Boden fallen hören können, wenn man in einem Bus eine Stecknadel zu Boden fallen hören könnte, so atemberaubend still verfolgten alle Passagiere das dramatische Geschehen auf dem rechten Fußweg unmittelbar neben dem achtunggebietenden Veteranen der Verkehrstechnik, in dem sie saßen. Man hätte Herzen im Gleichklang der Sympathie klopfen hören können, wenn man, wie gesagt, so etwas in einem Bus vermöchte. So blieb nur das Hämmern der Ventile im Verein mit dem Klappern der Karosse als orchestraler Ansporn für den athletischen Mann im attraktivsten Mittelalter, der, einen jadegrünen Koffer in der Rechten, einen prallen roten Einkaufsbeutel aus dem Westen voller Äpfel und Bierflaschen in der Linken, den Handschuh aufgenommen und sich zu einem Wettlauf mit Diesel, Pleuel, Kurbelwelle und Synthesekautschuk entschlossen hatte, obwohl das nächste Haltestellenschild noch gut und gerne sechzig leicht bergauf führende Meter entfernt stand. Lange Zeit blieb der Ausgang des Rennens in der Schwebe. Mal führte jener Mensch, mal die von seinen Artgenossen dermaleinst erfundene Technik. Langsam, ganz langsam übernahm die Maschine aber dann doch die Spitze und gelangte schließlich mit zehn Metern Vorsprung an der Station an, im Sog einen flott und frisch mit Koffer und Netz winkenden Athleten. Selbstredend wartete der Fahrer, neugierig geworden, auf diesen Kunden. Bei dessen Eintritt in den Fahrgastraum applaudierten spontan die vormaligen Beobachter dem kühnen Läufer. Der dankte, angemessen lächelnd. Griff sich in die Brusttasche, zückte einen Schwerbeschädigtenausweis und ließ den alten Mann aufstehen, der eben noch am herzlichsten geklatscht hatte.

1969

Relationen

Wer Gärtner werden will, Frisör, Drogist,
der wird geprüft, ob er geeignet ist,
selbst Schlosser oder Kellner testet man.
Die Ärzte sind da weitaus besser dran . . .

Ein voller Bauch studiert nicht gern mehr als die Speisekarte.

Herz-As(kese)

Nur allzuoft wird wohl beneidet,
wer jedermann erklärt: Mein Herz ist weit!
Wiewohl gerade der auf Lebenszeit
bestimmt an Herzversagen leidet.

Kein Play-back-Verfahren kann die Direktübertragung beim Kuß ersetzen.

Ins Gras beißen selbst Vegetarier nicht gern.

Haariges

Das sollte man auf jeden Fall erwähnen:
Die Glatze, die den Schädel ziert,
wird häufig trefflich kompensiert.
Durch Haare selbst noch auf den dritten Zähnen.

Gesundheit ist die Tochter der Arbeit. Aber wer ist ihr Vater?

Pech macht alle Fäden fester, nur den Lebensfaden nicht.

Die schönsten Augen schützen den Kopf nicht vor Kurzsichtigkeit.

Blühendes Aussehen ist zuweilen nur Folge eines Fiebers.

Das Knie ist das größte unserer Gelenke – vermutlich, weil wir es so oft beugen.

Die wenigsten Geschmacksknospen gelangen zur Blüte.

Wer sich die Finger nach etwas leckt,
sollte sie sich zuvor gewaschen haben.

Mastfettsucht beginnt im Kopf.

Wer nur von der Hoffnung zehrt, bleibt mager.

Streut man sich Asche auf's Haupt, tränen die Augen.

Morgens steigt der Säufer wie Phönix aus der Flasche.

Wer nie in den sauren Apfel beißt, bekommt schlechte Zähne.

Zum Kartoffelanbau

Bildung war in der vorsozialistischen Ära ein Privileg der Reichen, und daran hat sich auch im Sozialismus nichts geändert. Was da aber wie ein Atavismus daherkommt, das ist nichts als Dialektik pur: Im Sozialismus, so sagt das Politbüro, sind alle reich, ergo bildungsprivilegiert. Nehmen wir einmal die Bauern. Früher, vor der Errichtung der Arbeiter- und Bauernmacht, wann hätte da ein Bauer je eine Universität besucht? Dumm hat man sie gehalten in ihren Dorfschulen und unwissend. Von Kindesbeinen an hieß es: in den Stall, auf's Feld. Und dort folgten sie wie die Tiere lediglich ihrem Instinkt. Heute säen wir dies, morgen ernten wir dort. Und so weiter. Man kennt das zur Genüge. Ein paar Bauernregeln wurden ihnen vielleicht noch beigebracht und der Hundertjährige Kalender. Aber sonst? Nun, und so entstand denn auch der Spruch, die dümmsten Bauern haben die größten Kartoffeln. Vor der zutiefst humanistischen sozialistischen Gesellschaft stand somit zusätzlich zu allen anderen Aufgaben die, gegen solche Diskriminierungen vorzugehen. Man schaffte die Zwergschulen ab, glich den Stoffplan für die Bauernkinder völlig dem, der für die Städter galt, an. Machte die Dörfler hochschulreif. Sie studierten. Mit Diplomen in der Tasche kamen sie auf's Dorf zurück und saßen fortan an Schreibtischen, die denen der Städter in keiner Weise mehr nachstanden. Der böse Satz von den dümmsten Bauern wurde gegenstandslos, und jetzt sagte man, daß das Volumen der Erdknolle reziprok proportional der intellektuellen Kapazität ihrer Produzenten sei. Das verstand keiner mehr, und somit war es unanfechtbar. Auf den Feldern arbeiteten indessen Hochschulstudenten aller Fakultäten, und hochqualifizierte Facharbeiter aus der Industrie kamen ihnen zu Hilfe. Es ging also intellektuell zu in der Landwirtschaft. Selbst von der obersten Parteiführung kam immer mal wieder einer, der zum Beispiel darauf hinwies, daß man die Kartoffeln nun roden müsse, weil sie reif wären.

Und trotzdem kam es zu einer völlig unerwarteten Erscheinung: die Kartoffeln wurden immer kleiner und kleiner. Und als selbst die Schweine sie nicht mehr von den Sandkörnern unterscheiden konnten, setzte man eine Initiativgruppe aus sehr hohen Partei- und Landwirtschaftsfunktionären ein, die klären sollte, wieso das so ist. Des Rätsels Lösung ließ sich dummerweise nicht finden.

Wo aber die Wissenschaft versagt, hilft manchmal die Empirie weiter. Und so schickte man versuchsweise einfach wieder Bauern auf's Feld. Jetzt wachsen die Kartoffeln wieder.

1975

Mein Stück Natur

An meinem Bett habe ich eine todschicke Eigenbau-Kippvorrichtung, die mich morgens, wenn mein selbstgebastelter Elektronik-Tonbandwecker den Ruzzle-Duzzle-Rock intoniert, ganz sanft in ein wohltemperiertes Wasserbecken, grüngefliest, unmittelbar neben das Bett gebaut und nach Rosenholz duftend, gleiten läßt. Auf den Wellen schaukelnd, setze ich nur wenig später meinen Waterproof-Batterierasierer in Gang, föhne mich anschließend mit lila Luft, lifte in die zentralbeheizte Garage – unterdessen habe ich en passant Filter-Frio-Kaffee und getoastetes Weißbrot eingenommen – und starte wollüstig meinen weißen Wagen. Dessen gebändigte Pferdestärken lassen mich über spiegelblanken Asphalt meine vollautomatisierte Arbeitsstelle auf unerhört individuelle Weise erreichen, und dort folgen dann bis zum Feierabend Lift, Kaffeeautomat, wieder Lift, elektrischer Händetrockner und nochmals Lift und so fort. Lauter Technik, modernste Elektronik. Tagtäglich. Was Wunder, daß ich mich zuweilen nach einem Stückchen Natur gesehnt habe. Nach reiflicher Überlegung kaufte ich mir daher einen ganz kleinen Hund und nannte ihn sehr originell Waldi. Zugegeben, auch ein Goldhamster oder eine Dohle wären ein Stück Biotop gewesen, aber mit einem Hund kann man zusätzlich noch ein bißchen repräsentieren. Außerdem pinkelt der nicht überall hin. Allerdings gerade das machte anfangs doch Schwierigkeiten. Pfütze auf dem Teppich, Pfütze auch im Bett und dann wieder umgekehrt. So ging es eine ganze Weile, und ich war am Verzweifeln. Bald schon rostete die Kippvorrichtung, so daß sie nicht mehr voll funktionierte und mich eines Tages statt ins Wasser meinem Waldi auf's Körbchen schmiß. Da endlich – sein Schmerzensschrei also, der sich anhörte wie ›paß doch auf, du Rindvieh‹ – sein Schmerzensschrei brachte mich auf eine Idee. Vielleicht fühlt er sich hier nicht wohl, dachte ich, und muß der technisierten Umwelt entsprechend behandelt werden? Waldi wirkte ohnehin verteufelt intelligent, und Intelligenzler sind bekanntlich auch stets psychisch besonders sensibel. Ab sofort begann jetzt jedenfalls morgens sein Tageslauf mit einem starken Kaffee und einem kleinen pharmakologischen Muntermacher. Dann bekam Waldi gegen das vermutbare Unbehagen im Fahrstuhl drei Tabletten Kinetosin und vor dem Einstieg in's Auto zur allgemeinen Dämpfung fünf Diazepam. Davon wurde er natürlich wieder ein bißchen schläfrig, und er mußte das im Lauf des Vormittags mit einigen Pervitintabletten ausgleichen. Zunächst benötigte er daraufhin für die Nacht ein sehr starkes Schlafmittel, heute kommt er dagegen schon wieder mit einem milderen zurecht. Penizillin-Augenöl und ein Öl für die Ohren machten ihn nunmehr restlos glücklich, glaube ich. Mein wissenschaftlich fundiertes Programm erbrachte überhaupt eine totale Umgestaltung meines Lieblings. Er funktioniert jetzt wie ein Rechner der dritten Generation, der sich lediglich nicht abschalten läßt. Nachts schnarcht er fröhlich vor sich hin, und auch am Tage bellt er nicht mehr und pinkelt kaum noch, ohne daß ihm bisher ein Dauerkatheter hätte gelegt werden müssen. Mit der rechten Vorderpfote setzte das liebe Kerlchen den Wecker außer Betrieb und die Kippvorrichtung in Gang.

Mein Wunsch ist erfüllt. Und Waldi fühlt sich nunmehr inmitten der Modernität bestimmt auch sehr wohl, vor allem, wenn er mit mir zusammen in's Wasser kippt.

Und nur ganz selten einmal habe ich das Gefühl, daß er sich am liebsten ersäufen würde.

1977

Der Beginn

Der erste Mensch sprach: Nun lebt wohl, Ihr Affen.
Ich gründe jetzt die Zivilisation!

gesagt, getan. Und da begann er schon,
die Bäume systematisch abzuschaffen.

Wo der Wald verschwindet, wächst bald Gras darüber.

Korreferat zu Eichendorff

Wer hat dich, du schöner Wald ...?
Keine Ahnung. Deine Spur
findet man nicht mehr so bald.
Schöner Wald, wer hat dich nur?

Blattschuß

Sofern ein Baum kein Laub mehr hat,
nur hoch im Wipfel ein Stück Grün,
dann kommt gleich einer und nennt kühn
das Farbfragment ein Ruhmesblatt.

Lokalamität

Ich hätte, sagt man, alles, was ich brauche:
Ein Kind, ein Haus und auch ein bißchen Geld.
Dabei – ich habe nichts als Angst im Bauche.
Besucht mich mal. Ein Mitmensch. Bitterfeld.

Schnee

Von allen Jahreszeiten,
du schönste, Winter. Du
deckst all die Scheußlichkeiten
der Städtebauer zu.

Wer das Gras wachsen hört, weiß oft nicht,
wie eine Wiese aussieht.

Planierraupe und Windmühle

Irgendeinen Vorwurf konnte uns wegen der uralten Mühle westlich des Schindangers wahrhaftig noch nie jemand machen. Ohne daß wir nämlich je auch nur das geringste dazu getan hätten, verrottete das Monstrum zusehends. Man sollte einfach nicht glauben, wie liederlich die vor ein paar hundert Jahren gebaut haben. Dagegen sieht unsere Lehrlingsbaracke nachgerade noch solide aus, und die steht auch schon über ein Jahrzehnt. Na, jedenfalls lagen die losen Bretter nur so herum, und alle naselang stolperte man über Mühlsteine und Mühlräder, über zertrümmerte Türen und herausgerissene Stiegen. Aber daß da mal der Blitz reingeschlagen oder sonstwie auf natürliche Weise ein Feuer einen warmen Abriß herbeigeführt hätte – kein Gedanke. Das Ding schrumpfte, aber es blieb stehen. Wir mußten also wieder einmal etwas für die Kultur in unserem Dorf tun. Wir hatten uns immerhin schon eine Nachttanzbar mit stinkfeinem Restaurant geschaffen, die steinalte Schmiede abgerissen und die mittelalterlichen Fachwerkhäuser isolierverglast und polyesterverkleidet.

Einziges Problem blieb tatsächlich die Mühle.

Nun besitzt unser Dorf natürlich auch eine Planierraupe! Was soll ich also lang drumherumreden. Hinterher haben wir alle bis auf den letzten Mann mobilisiert und in kürzester Zeit einen herrlich asphaltierten Parkplatz aus dem Mühlengrundstück gemacht. Für die Bar. Einige der rostigen handgeschmiedeten Nägel vom Windflügel dienen jetzt dort als Garderobehaken, nachdem wir sie verchromt haben. Deshalb heißt das Etablissement ›Bar zur alten Windmühle‹! Unser Traditionsbewußtsein ist Gott sei Dank intakt.

Viel Lärm? Um nichts in der Welt.

Geltungsbereicherung

Sie gilt für alles und in jedem Falle,
vom Autoreifen bis zum Spiritus,
für Salze, Ester, Öle, Schwermetalle
– die Dialektik: Alles ist im Fluß.

Im Trüben ist den Fischen nicht gut.

Atempause

Eins liegt für jeden sichtbar auf der Hand:
Die Nordsee-Plastiktüten haben's besser
als die der nicht gezeitenden Gewässer.
Bei Ebbe kommen sie auch mal an Land.

Probe

Täglich geht die Sonne unter.
Unaufhaltsam, wenngleich leise
steigt sie aus dem Blau herunter.
Momentan noch probeweise.

Den Altvorderen machte man nur blauen Dunst vor,
unsere Luft hat alle Farben.

Stadtluft macht frei von Illusionen.

Knigge und Heine und die Mehrwertsteuer

Das Gute zahlt sich im Leben nicht aus. Ich weiß das aus erster Hand, denn ich bin ein guter Mensch. Das darf ich mit aller Bestimmtheit für mich in Anspruch nehmen. Sie könnten da sogar meinen Papagei als Zeugen hören, der sehr intelligent ist und immer zu mir sagt: Du bist ein Guter, du bist ein Guter, du bist ... Aber Sie glauben mir ja auch so. Warum sollten Sie nicht? Umso mehr schmerzt es mich, wenn ich mit ansehen muß, wie schlecht die anderen sind. Die meisten jedenfalls. Vielleicht sollte ich mal ein Beispiel schildern. Hatte ich schon gesagt, daß ich ein kleines Einzelhandelsunternehmen besitze? Nein? Also, ich besitze ein kleines Einzelhandelsunternehmen. Autozubehör. Da habe ich natürlich täglich mit den verschiedensten Kunden zu tun. Sagen wir mal, die meisten sind höchstens ganz normaler Durchschnitt. Die kaufen ein paar Glühbirnen, einen Scheibenwischer oder mal ein Autoradio. Manche gucken auch bloß mal rein. Zum Beispiel, wenn es draußen regnet. Mir ist das recht, denn ein Laden voller Leute fördert den Ruf und der Ruf den Umsatz. Aber dieses Beispiel meine ich nicht, ich meine dieses: In der vorigen Woche kommt ein ganz ulkiger Vogel rein und fragt: Haben Sie zufällig auch Trabantersatzteile? Im ersten Moment wußte ich gar nicht, was der meinte. Ich wollte ihn schon zur NASA schicken, da fiel mir aber noch rechtzeitig ein, daß die drüben ja so ein Auto haben. Ich sehe mir also den Mann etwas genauer an, und wirklich, richtig ärmlich sah der aus. Er war zwar sehr ordentlich angezogen, sauber und modern, aber irgendwie, ich kann nicht genau sagen, warum, irgendwie sah er anders aus als unsere Leute. Eben ärmlich, wenn Sie wissen, was ich meine. Und da regte sich in mir sofort wieder einmal das Gute. Was soll sich auch in einem guten Menschen anderes regen! Wissen Sie, sage ich zuvorkommend,

Sie sind doch von drüben, was? Kann ich Ihnen helfen? Am besten, wir gehen in mein Büro und trinken einen Kaffee. Ich bin ja immer so froh, wenn ich mal einen Landsmann von drüben kennenlerne. Ich ließ uns einen Kaffee bringen und eine Schachtel Toffifee. Und dann habe ich ihm ganz ausführlich von unserem Leben hier erzählt. Von meinem Haus, von meinen Hunden, und die Bilder vom letzten Urlaub in Spanien habe ich ihm gezeigt. Ich habe ihm haarklein erklärt, was Freiheit ist und Menschenrechte sind, und sogar meinen Bürocomputer ließ ich für ihn laufen. Hatte der doch alles noch nicht intus. Der war völlig sprachlos. Anders kann ich seinen Zustand nicht beschreiben. Der sagte überhaupt nichts. Kein Wort. Und das tat mir noch mehr leid. Und da schlage ich ihm doch, gutmütig, wie ich bin, vor: Gehen wir doch einfach mal durch die Firma, und Sie sagen mir, was Ihnen gefällt, ja? Sie werden dann schon sehen. Dann sind wir losgetigert. Als erstes blieb er vor der Wand mit den Autoradios hängen. Er befummelte einen Blaupunkt, den ich gerade im Angebot hatte. Der gefällt Ihnen wohl? Schon, sagt der da einsilbig. Kein Problem, sage ich gutmütig, hier, bitteschön. Sie haben ihn. Zwei Boxen legte ich noch mit dazu. Aus reiner Gutmütigkeit. Dann passierten wir die Dachgepäckträgergarnituren. Hier, sage ich gutmütig, echt Thule. Das wäre was, was? Schon, sagt der bloß. Kein Problem, sage ich gutmütig, hier, bitteschön. Sie haben ihn. Bei den Schonbezügen war's dann ganz ähnlich. Kein Problem, sage ich gutmütig, hier, bitteschön. Sie haben ihn. Und ich packte den kompletten Satz mit auf die Ladentafel. Zuletzt legte ich noch einige Motulaufkleber mit dazu, denn man weiß ja, wie wild die armen Schweine von drüben auf sowas sind. So, sagte ich, nun wickeln wir das Ganze noch ein, und das wär's dann. Aber das kann ich doch nicht annehmen, sagt da das arme Luder. Sie können, Sie können, sage ich. Und wissen Sie was, wenn Sie heute abend noch nichts vorhaben, dann schauen Sie doch einfach einmal bei mir zu Hause rein. Zu einem kleinen Imbiß. Ich gab ihm meine Karte. Der Abend kam, der Mann kam. Wir aßen bei Kerzenschein ein paar kleine Delikatesschen. Ich führte ihm einige Urlaubsfilme vor und erzählte ihm noch so allerlei, wie das alles bei uns läuft. Mindestens zwei Stunden redete ich mir den Mund fusselig am Kamin, den ich extra für ihn angezündet hatte. Atmosphäre ist wichtig bei solchen Treffen. Dann neigte sich der deutsch-deutsche Abend langsam seinem Ende zu. Da sagte der Mann, daß er nun aber gehen müßte. Und er rang sich förmlich einige Floskeln ab, wie nett es gewesen wäre, und er hätte mir auch gerne einiges auseinanderklamüsert und so weiter. Na, Sie wissen schon, wie das abläuft.

Im Flur gab ich ihm dann auf einem sehr schönen massiv silbernen Tablett die Rechnung. Und Sie dürfen mir glauben, für das Essen hatte ich noch nicht einmal die Mehrwertsteuer veranschlagt! Da knallt der mir doch zwanzig Mark auf die Flurgarderobe und sagt: der Rest ist Trinkgeld, Herr Ober. Das Paket mit den Sachen hat er liegenlassen, weil ich es ihm gegen seinen Willen aufgenötigt hätte. Na, da hört sich doch alles auf. Aber so sind die aus dem Osten. Kein Hemd über'm Arsch, aber angeben wie Graf Koks.

Nach vier Wochen kam ein Paket von drüben. Zwei Bücher. Knigge. Und Deutschland, ein Wintermärchen. Jetzt frage ich Sie, ist das die feine Art? Was soll ich denn mit dem Zeug? Das kauft mir doch kein Mensch ab hier bei uns. Sowas von Schlechtigkeit aber auch. Das Gute zahlt sich im Leben wirklich nicht aus.

7

Wer glaubt, zu Hause Kunst und Wissenschaft zu betreiben und Politik von Angestellten besorgen zu lassen, weiß nicht, was Kultur ist …

Döblin

Y-Zunge

Dafür, so meine ich, soll man nicht leben,
für eine Zunge wie ein Ypsilon.
Selbst der Politiker (es muß ihn geben),
lebt nicht dafür, sondern davon.

Spiegelzimmer

Ein Mitmensch. Stolzer Blick. Noblesse.
So stand er straff vorm Spiegel.
Ein starker, grader Mann. Indes,
die Tür verschloß ein Riegel.

Ein Orden zieht den anderen nach sich,
auch wenn der erste irrtümlich verliehen wurde.

Persilentium

Wenn wer im Tal den Burgfried stört, mitnichten
greift man da heute noch zu Schwert und Schrot.
Ihn zu verletzen oder hinzurichten,
gibt es Moderneres: Man schweigt ihn tot.

Augenmaßnahme

Ein Mitmensch, vorgesetzt und unterstellt,
besaß den rechten Blick für diese Welt.
Ein Schelm. Und nur, weil stets das Okular
der Größe des Objekts entsprechend war.

Hilferuf

Zwischen Hana Nowotna und mir war der Funke gleich am ersten Tag unserer Bekanntschaft übergesprungen. Inzwischen kannten wir uns nun schon mehr als eine Woche und sahen uns so oft wie nur irgend möglich.

Wenig günstig für den Fortgang unserer Beziehungen gestaltete sich jedoch dieses ameisenhafte Treiben, das allen Zeltlagern der Welt gemeinsam ist. Wohin also mit unserer Liebe? Zum Glück hatte ich mein Motorrad vor dem Lagereingang stehen, und Hana sagte eines Abends in ihrem herrlichen böhmischen Deutsch: Ano, fahren wir doch ein Stück und suchen für uns ein Fleckchen bei Mutter Grün. Dieser August 1968 war warm, die Luft stand still, und die Natur ringsum duftete. Ein Frieden aus dem Bilderbuch. Als sich Hana hinter mir auf den Sozius kuschelte, sagte sie: Jetzt steht es zwei zu eins. Eine Tschechin, ein tschechisches Motorrad und ein Deutscher. Und ich sagte: Das müssen wir mit einem deutschen Wald ausgleichen. Wir preschten auf der Hauptstraße in Richtung Stadtwald, bogen auf den holprigen Zufahrtsweg ein und waren in Gedanken wohl schon mittendrin, als uns ein russischer Soldat den Weg versperrte. Stoj! Nix farren! Verbotten! Ich Kommandant!

Hana flüsterte mir unter den Helm: Komm schon. Sicher Manöver. Fahren wir ein Stückchen weiter, ano? Der nächste Wald aber steckte voller Soldaten, die deutsch sprachen. Als wir wendeten, sah ich für einen Augenblick Hanas besorgtes Gesicht. Sie hat, dachte ich, Bange um unsere Nacht. Laß nur, Hana, tröstete ich sie. Wir haben auf über dreißig Prozent der Fläche unseres Landes Wald, wir finden ganz sicher etwas für uns. Aber wohin wir auch fuhren, überall Soldaten und Panzer, Kanonen und Raketen. Tarnnetze. Hana sagte sehr traurig: Nein, das ist kein Manöver, weißt du. Das gilt uns. Das gilt Dubcek. Quatsch, sagte ich, ihr seid doch ein souveränes Land. Und niemals würde wieder ein deutscher Soldat . . . Ganz ausgeschlossen!

Aber Hanas Stimmung war hin, und so fuhren wir ins Lager zurück. Ich schaltete das internationale Programm des tschechoslowakischen

Rundfunks ein und hörte mir die Berichte vom Prager Frühling an. Es war ein fröhliches Programm aus einem fröhlichen Land, es war das Lied von einem demokratischen Sozialismus. Hana aber sah ich am nächsten Tag nicht und auch die folgende Woche blieb sie unsichtbar. Dann stand sie eines nachmittags plötzlich vor mir. Hast du gehört, fragte sie, was euer Rundfunk sendet? Ich konnte nicht dienen. Hana fauchte mich an: Was mischt ihr euch in unsere Angelegenheiten? Wir machen keine Konterrevolution. Mein Gott, was seid ihr Deutsche bloß für ein Volk. Dann aber küßte sie mich plötzlich und weinte. Sieh dich noch einmal genau um, sagte sie. Hier ist Sommer, bei uns ist sogar erst Frühling, aber bald wird überall Winter sein. Alles wird erstarren. Ich wollte sie trösten, und ich wollte mir auch selber die Zweifel von der Seele reden: Du siehst zu schwarz, Hana. Sie werden es nicht wagen, euch zu okkupieren. Das geht heutzutage nicht mehr. Mitten in Europa. Die Russen, Ulbricht und euer Dubcek, das sind doch alles Kommunisten. Und die Polen. Und die Ungarn. Nein, Hana, und nochmals nein. Die führen doch keinen Krieg gegeneinander.

Und dann, ganz plötzlich, flogen sie über unseren Köpfen. Flugzeuggeschwader, wie ich sie das letzte Mal als Kind beim großen Luftangriff auf Chemnitz gesehen und gehört hatte. Mir taten die Ohren weh und das Herz, das Herz. Am Abend waren die Wälder leer. Jetzt wären sie voller Platz gewesen für Hana und für mich. Aber Hana war nach Hause abgereist. Mach's gut, du Deutscher, hatte sie mir zugewinkt. Besuch mich in Prag. Aber komm nicht in Uniform.

Das internationale Programm des tschechoslowakischen Rundfunks sendete erschütternde Texte. In unseren Sendern hörte ich, daß die Truppen des Warschauer Vertrags auf Bitten des tschechischen und des slowakischen Volkes ihre internationalistischen Verpflichtungen treu erfüllen und die Konterrevolution zerschlagen würden.

Der Hilferuf war erhört worden. Nur gut, daß ganz zufällig die gefechtsbereiten Truppen schon so lange vorher in den Ausgangsstellungen gelegen hatten.

Privilege artis

Ein Spatz flog in Palästen aus und ein.
Er pickte stolz die feinen Krümel auf.
Was, dachte er, für großer Lebenslauf!
Und was für Privileg: Ein Ring am Bein.

Geschichte

Bei Preußens, sprach ein Mann zu seinem Sohn,
begann dereinst der Mensch beim Leutenant.
Der Sproß, nur mit der Gegenwart bekannt,
bemerkte darauf mit Erstaunen: Schon?

Schlußfolgerung

Ein Glühwurm flog durch dunkle Nacht.
Kein Stern stand hoch am Himmelszelt.
Da rief er, seht, für diese Welt
bin ich als größtes Licht gemacht.

Trost

Ein Kater fing sich einen Spatz,
trug ihn auf's Dach und sagte: Schatz,
nimm mich dies eine Mal in Kauf.
Denn auch mit mir geht's hoch hinauf.

Fehleinschätzung

Ein Mitmensch dachte voller Überzeugung:
Rutscht mir den Buckel runter! Und darum
ging er entgegenkommend ständig krumm.
Da hielt man sein Verfahren für – Verbeugung.

Ein jeder kehre vor seiner Tür sich noch einmal um.

Fundamentoren

Ein Mitmensch strebte hoch hinaus.
Die Mißgunst rollte Steine
ihm vor die flinken Beine.
Er – schuf sein Fundament daraus.

Aus einem Baum kann man sehr verschiedene Bretter machen.

Losung

Vernagelt nicht die Welt mit Brettern!
Die wunderbare Losung stand

in überlebensgroßen Lettern
auf einer Riesenbretterwand.

Salven

Ein Staatsbesuch. Am Flugplatz wird geschossen.
Nach Protokoll. Für Gegner und Genossen.
Und keiner lacht. so wird bewiesen,
Lachsalven kann man nicht verschießen.

Das bessere Ende

Zwei Posten mit Maschinenpistolen, deren brüniertes Metall mich seltsam an Steinkohle erinnerte, seltsamerweise an nichts als an Steinkohle, standen, ohne daß sie angeklopft hätten, helmauf an meinem Bett. Ich legte den Pschyrembel, jenes sagenhafte Lehrbuch der Frauenheilkunde, in dem ich gelesen hatte, zur Seite und stand automatisch auf, noch ehe der erste sein hoch, Mensch gerufen hatte. Die beiden sehr jungen Männer sahen aus wie ich ausgesehen haben würde, wenn ich eine MPi umgehängt und einen Helm aufgesetzt gehabt hätte. Aber ich hatte nur einen Schlafanzug an, und das verschaffte mir einen beträchtlichen psychologischen Nachteil. Was ist schon ein Pyjama gegen eine kugelsichere Weste! Mitkommen, sagte der eine, dalli, Mann, der andere. Sie sagten es so freundlich, daß ich mich beim Ankleiden einigermaßen beeilte. Mit der Zunahme der Zahl von Bekleidungsstücken, die ich mir überwarf, nahm jedoch dieses Gefühl der Nacktheit, das ich von der ersten Sekunde jenes Hereinpolterns an gehabt hatte, nicht nur nicht ab, es kroch vielmehr etwas in mir hoch wie ein würgendes Fieber: Angst. Und ich merkte, daß die beiden das wußten. Und ich sah, wie sie sich daran weideten. Zittern kannste beim Staatsanwalt, du Flasche, jetzt hau aber hin, sagten sie. Das verwandelte meine Furcht in Panik. In Sekundenschnelle erwog ich, aus dem Fenster zu springen und mich irgendwie nach Westberlin durchzuschlagen ... Vor noch nicht einem halben Jahr war einem Kommilitonen die Flucht unter noch viel ungünstigeren Bedingungen geglückt. Aber das sollte ein Agent des CIA gewesen sein, hatte der Staatssicherheitsdienst verlauten lassen, als der mit Hunden das Gelände stundenlang absuchte und später jede einzelne Studentenbude umkrempelte, aber nichts finden konnte außer einigen Niveadosen, die beschlagnahmt wurden als Beweisstücke für Westverbindungen. Wider Willen mußte ich bei dieser Erinnerung lächeln. Die Posten sagten nichts. So etwas wie eine leichte Beruhigung kam über mich. Erschossen würde ich nicht werden. Aber was stand mir bevor? War springen aus zehn Meter Höhe das bessere Ende? Ich wußte, was man mir vorwarf: Propaganda für den Klassenfeind und die Verweigerung des Befehls, das sofort zu unterlassen. Was dabei das Allerschlimmste war, diese Aufforderung hatte ich schriftlich erhalten und dieses Schriftstück dann mit an die Wand geklebt in meinem Zimmer, an der ich schreiend bunte Kapitalismuspropaganda betrieben haben sollte. Ich fand das eine so witzig wie das andere blödsinnig. Allein, wir Deutsche sind spätestens dann gesetzlich geschützt humorlos, wenn wir ein Amt haben. Und wer jemanden abführen lassen kann, der hat ein Amt. Ich ließ mich daher widerstandslos in die Mitte nehmen und ging auf die Reise mit unbekanntem Ziel. Die meisten, die mich sahen, grüßten mit den Augen, zwei, drei wandten sich demonstrativ ab, und nur ein einziger rief laut: Mach's gut, Junge!

Bevor ich in die Zelle gebracht wurde, nahm man mir alles ab. Zuerst die Schnürsenkel und den Gürtel. Meine Hose begann sofort zu rutschen. Angesichts des mit einer Eisenblende verschalten Fensters und der hochgeschlossenen Pritsche kam ich mir für Sekunden in meinen abwärts gleitenden Beinkleidern vor wie sich Feldmarschall von Witzleben vorgekommen sein muß: ein demoralisiertes Bündel Furcht, aber stolz.

Die DDR erschließt sich ein Erbe

So nach und nach geht ihr uns in die Falle.
Yorck, Gneisenau und Luther im Talar,
Scharnhorst und Alter Fritz und August, alle.
Bloß gut, daß Kaiser Nero Römer war.

Zeitfrage

»... auf ewig verbunden ...«
Doch die Ewigkeit,
ist das lange Zeit?
Und wenn, wieviel Stunden?

Vorbild Stalin

Es grub sich tief in mein Bewußtsein ein.
Das war die größte seiner Taten.

Es hieb ein tiefes Loch in mich hinein.
Womit? Mit dem Soldatenspaten.

Weiß-grüne Reminiszenz

Geschichte. Zu Jahrhunderten verwachsen.
Ein steter Fluß voran und nie zurück.
Wär's anders, und wär's nur ein kurzes Stück,
dann läge Paderborn noch jetzt in Sachsen.

Zwischenbilanz

Da war die Story von den weißen Westen,
und plötzlich glaubt sie keiner mehr. Warum?
Man sieht den Schmutz. Was ist da wohl am besten?
Wir schreiben die Geschichte einfach um.

Komplementärfarben

Zwar Adel hatte blaues Blut
und erbte seine Rechte.
Was heut' triviales rotes tut?
Seht euch doch um! Ich dächte ...

Anfrage von oben

Ihr fragt uns immerzu: Warum?
Wenn's hoch kommt, fragt ihr: Warum nicht?
Nie fragt ihr: Ob? Ihr seid nicht dumm
und holt nur, was euch paßt, an's Licht.

Das ewige Ja

Es war einmal ein Ja. Ein hochaktives.
Ein emsiges. In jeder Szene.
Als man zuletzt befahl: Nun stirb!, entschlief es.
De mortuis nil nisi bene?

Zoological

Der Fuchs hockt schlau
in seinem Bau.
Die Wespe sticht,

die Schabe nicht.
Der Laubfrosch springt.
Die Lerche singt.
Und überall
hockt feist der ganz
moderne Wanz.
Aus Leichtmetall.

Maskerade

Ein Hohlkopf, ist er bartgeschmückt,
wird leicht ins falsche Bild gerückt.
Doch nach der Schur des Bartgesichts
entdeckt man letzten Endes – nichts.

Flux

Ein Mitmensch riß ein Zündholz an
und rief dabei: jetzt bringe
ich Licht in alle Dinge!
Als erstes kommt die Sonne dran.

Privathand

Wir sind ein hochmoderner Staat,
ein elektronisiertes Land:
Für jeden Zweck ein Apparat.
Und dennoch sägt man – ganz privat –
an Stühlen immer noch per Hand.

Differenziertes

Den neuen Mann empfängt man mit Girlanden
als Vorschuß für das kommende Jahrzehnt.
Es sind die gleichen, die sie jenem wanden,
der gehen muß. Doch das wird nicht erwähnt.

Leistung und Gegenleistung

Ein Bonze sagte: Seid doch still
und laßt mich leben, wie ich will.
Als Gegenleistung lasse ich

euch dafür auch – nein, nicht wie mich –
genauso leben, wie ich will.

Mittel und Zweck

Du, Mitmensch, möchtest gottgefällig leben?
Wie schön. Ein Weg zum Ziel: Dich geißeln.
Sehr ähnlich und doch schmerzlos wär' daneben,
dich kurzerhand in Stein zu meißeln.

Alternativ

Die Fernsehkamera war in einer der repräsentativen Magistralen aufgebaut. Sie stand wie ein hypermoderner Kontrapunkt vor dem gotischen Rathaus. Hinter ihr stand der Kameramann. Neben ihr zur Linken lümmelte ein junger Reporter. Das knallgelbe Mikrofon trug keine Aufschrift. Gegenüber übte ein Polizist am Sprechfunkgerät. Achtlos liefen die Passanten an der malerischen Gruppierung vorüber. Der junge Reporter, solcher Mißachtung überdrüssig, angelte sich einen der erstbesten Männer aus der Menge.

Wir sind vom Fernsehen, sagte er freundlich, wir möchten Sie sehr gerne etwas fragen.

Der Angesprochene befeuchtete seine schwielige Hand mit ein wenig Speichel, strich sich über's Haar damit und erklärte unentschlossen: Naja, ich weiß nicht ...

Der junge Reporter, seiner Beute bereits sicher, erläuterte: Wir möchten lediglich von Ihnen wissen, wie Sie sich hier fühlen, hier in dieser Stadt, in diesem Staat.

Ach so, sagte der Schwielige, naja. Ich fühle mich wohl hier in dieser Stadt, in diesem Staat. Ich habe eine billige Neubauwohnung, Arbeit, täglich mein Bier.

Sie fühlen sich also, sagen wir mal, geborgen?

Aber ja doch. Bei uns, naja, die soziale Sicherheit und so. Und eine Straßenbahnfahrt für 20 Pfennige, und ein Brötchen für einen Fünfer. Da kann man sich doch nur wohlfühlen. Und, fragte der Reporter, Wünsche haben Sie keine?

Schon, aber ich bringe immer meine persönlichen Interessen mit denen der Gesellschaft in Übereinstimmung. Und mit dem Rest warte ich bis zur Rente.

Aha, sagte der junge Reporter, Sie meinen das Reisen in den Westen!

Der Schwieglige mümmelte ein ambivalentes HMMM in's Mikrofon.

Na wunderbar, sagte der junge Reporter, wann wird denn das sein?

In siebzehn Jahren, drei Monaten und vier Tagen, kam die Antwort, wie aus der Pistole geschossen.

Na, das ist ja noch eine Weile, sagte der junge Reporter, aber vielleicht treffen wir uns dann mal an der Nordsee wieder.

Der Schwielige stutzte sichtlich und konnte sich nun seinerseits eine Frage nicht verkneifen: Wieso denn, kriegen Sie da etwa auch schon Rente?

Aber nicht doch, sagte der Reporter.

Dann versteh ich nich ...

Aber, guter Mann, wir sind doch von drüben. Wir sind ein Drehstab der ARD ...

Das hätten Sie mir aber gleich sagen sollen, sagte der Schwielige ärgerlich, dann hätte ich Sie doch mit diesem ganzen Stuß vonwegen wohlfühlen und so verschont.

Imagination

Das Trittbrett, ein Fossil aus fernen Tagen.
Imaginabel nur, doch reicht selbst das,
den Sprung darauf auch heute noch zu wagen.
Beweis: Die Trittbrettfahrer gibt's en masse.

Blendung

Man rollte ihm den Teppich vor die Füße.
Er ging darauf, als müßte das so sein,
sah himmelauf und rief: Nun, Sonne, grüße!
Sie tat's. Geblendet, brach er sich ein Bein.

Stärke und Glück

Er war ein Mensch, von dem es hieß,
daß seine Hand meist glücklich sei.
Jedoch man übersah dabei,
ein starker Arm bewirkte dies.

Hauptamtlich

Ein Mitmensch tat es allen kund:
Jetzt habe ich ein Amt! Nun, und
ihr fragt, wie ich's bekleide?
Mit Samt und mit Geschmeide!

Parteitagsfinale

Er lebe hoch! Hoch lebe sie!
Zuweilen spricht der Ruf für sich.
Doch häufig klingt er irgendwie
sehr peinlich nach: Hoch lebe – ich!

Blaßphemie

Den Blassen übersieht die Welt.
Kein Wort für ihn. Nur Schweigen.
Kein Seil, das hilfreich ist und hält.
So kann er steigen, steigen . . .

Besinnung

Ein Mitmensch lag mit einem Mann im Streite,
schrie diesen an, daß er ein Hornvieh sei,
besann sich dann, lief rasch zur nächsten Weide
und sprach zur ersten besten Kuh: Verzeih!

Faust III

Ein Mitmensch hob die Faust. Und sofort wähnte
sein Gegenüber sich in höchster Not,
er rief verzweifelt: Seht, ich bin bedroht!
Und ahnte nicht, daß jener Mensch nur gähnte.

Ursache und Wirkung

Zwei alte Feinde hatten den Gedanken,
daß jeder Hader einmal enden muß.
Sie brachen kurzerhand das Eis. Und Schluß.
Worauf sie beide in die Fluten sanken.

Rückflugschein

Er fiel stets mit der Tür ins Haus.
Dabei war sein geheimer Plan:
Ich nehme, wirft man mich hinaus,
die Tür als Start- und Landebahn.

Mann im Ohr mit Fernglas

Ein Superbonze sprach: Nein, zu den Massen
könnte ich niemals die Verbindung lassen.
Jetzt, wo ich oben bin, ist's wie zuvor.
Dann holte er sein Opernglas hervor.

Einzige Ausnahme

Der Sozialismus ist das Himmelreich,
wo alle allen gleichen.
Kein Mensch ist mehr als alle andern reich.
Mit Ausnahme der Reichen.

Spiegelfechter

Ein Mitmensch stand in einer Wettkampfstätte.
Er spielte ganz und gar den Wüterich
und rief: Es gibt nur einen Sieger: Mich!
Dann lief er mit sich selber um die Wette.

Honoris causand

Man ehrte einen Rufer in der Wüste.
Gerade da, wo er im Leben stand,
enthüllte man posthum statt seiner Büste
als Weltpremiere – einen Eimer Sand.

Abriß

Laßt uns Streit vom Zaune brechen!
Nicht des Streit's, des Zaunes wegen,
den wir so auf allen Flächen
sukzessive niederlegen.

Friedfertig

So mancher Zeigefinger wird erhoben,
und dennoch geht kein Donnerwetter los,
denn, Gott sei Dank, zwar ist der Finger oben,
jedoch als Pazifist. Er popelt bloß.

Erfolgserlebnis

Ein Mitmensch, ohne Publikum,
sofern er sprach, der schulte um.
Auf Selbstgespräche. Ergo, jetzt
hört einer zu, sooft er schwätzt.

Traum

Ein Traum: Ich liege weich gebettet.
Wenn sich die Nacht zum Tage wendet,
so sei er einmal nur gerettet,
damit er im Realen endet.

Planwirtschaft

Ein Huhn erzeugte einst ein Superei,
worauf die Order kam, das sein zu lassen,
weil's gegen alle Hühnernormen sei:
Es würde nicht in Eierbecher passen.

Stetigkeit

Stets hat er alle Hände voll zu tun.
Er ist ein Typ, der sie nicht ruhen läßt.
Und wenn er tausend Hände hätte, nun,
er hielte sich mit allen tausend fest.

Protestantisches Gebet eines Grünen, MdB, am Tag seiner Wahl

Mein Gott, ich hoffe auf Dich, laß mich nicht zuschanden werden. Bewahre mich vor allem groben und feinen Selbstbetrug. Führt mein Weg zu einem Abgrund hin, o so laß mich ihn sehen und heilsam erschrecken. Salbe meine Augen mit Augensalbe, daß ich sehen möge, damit ich nicht gehöre zu jenen, die dereinst das Urteil der Verdammung vernehmen müssen. Löse mir alle Zweifel, gib Du mir Antwort auf meine Fragen, mache meine Finsternis licht. Laß mich erkennen, wo es mir fehlt, damit ich nur nicht ewig verlorengehe. Lieber himmlischer Vater, Dir sei Preis und Dank, daß Du auch mich willst zum Erben machen Deiner himmlischen Güter. O Herr, laß mich nimmermehr aus dieser Gnade fallen. Bereite meine Seele vollends ganz so zu, daß sie offenstehe als ein Gefäß, in das Du den ganzen Reichtum Deiner Gnade niederlegen kannst. Dein herrliches Königreich rette mich von allen meinen Feinden und erhöhe mich in deine Herrlichkeit. In dieser Burg laß mich und all die Meinen ruhen. Darauf gehe ich hin und werfe heute mein Netz aus und lasse Dich sorgen. Gib Deinen Segen dazu. Leite mich allzeit auf rechtem Wege, daß ich nicht wanke weder zur Rechten noch zur Linken. Und sollte mich dereinst das Rotationsprinzip oder sonst eine Amtsbeschränkung ereilen, dann, bitte, hilf mir bei der Entscheidung, ob ich in den Weinberg der CDU oder den der SPD hinüberwechseln soll.

Denn Dein ist das Reich und die Kraft und die Herrlichkeit in Ewigkeit Amen.

Defizit

Er hatte eine nagelneue Stelle,
doch keinen Kompaß für gewisse Fälle.
So kam's, daß er, wie viele rings im Staat,
von nun an auf der falschen Stelle trat.

Umwelt

Ein Grandseigneur. Beschützt. Geschont.
Doch kann es sein, daß ihn das Leben packt.
Dann zeigt er vor, was in ihm wohnt:
Ein Wilder. Keulenschwingend. Nackt.

Eisbombe

Ein Mitmensch, wird er kaltgestellt,
dann selten ohne Heuchelei.
Es heißt zum Beispiel, Absicht sei,
daß er sich dadurch frisch erhält.

Wallfahrt

Ein Mitmensch kämpfte, wie er's nannte, bis
zum ersten aufgetürmten Hindernis.
Dort zog er eisern einen dicken Strich,
der hieß: Die Grenze anerkenne ich.

Synonym

Von manchen Briefen sagt man, sie sind offen.
Meist steht darin, was alle Welt erstrebt.
Wie schön für sie. Bleibt nur dabei zu hoffen,
man meint nicht bloß, sie sind nicht zugeklebt.

Posten

Das waren Zeiten, denken wir an Heine,
als man noch scharenweise Posten stand.
Heut' gehen Posten nicht mehr in die Beine.
Sie gehen sehr bequem von Hand zu Hand.

Vorsprung

Als einst die wilde Jagd begann,
verlief für ihn die Sache so:
Der Vorsprung, den er rasch gewann,
war imponierend, denn – er floh.

Zwischenstation

Das Ziel – ein quergespanntes Band am Wege.
Kaum kommt wer an, erklärt er heiter:
Es ist geschafft! Jedoch man überlege,
wie falsch das ist. Der Weg führt weiter.

Erfüllte Karriere

Er kämpfte um ein Plätzchen an der Sonne.
Und als er es zu guter Letzt errang,
da pumpte er sein Herz voll süßer Wonne.
Was dann kam? Nun, der Sonnenuntergang.

Der Klügere gibt nach allen Seiten.

Qualifikationen

Wir haben ihn nur eine kurze Zeit gehabt,
den letzten Chef. Er war nichts weiter als begabt.
Das Hauptmerkmal indes des neuen Alten?
Ein hochgedienter Mann. Der wird sich halten!

Zahn um Zahn, sprach er, und legte heimlich
dem Chef sein Gebiß auf den Tisch.

Versetzung

Ein Leiter. Bar besonderen Gewichts.
Wo er auch immer war, er taugte nichts.
Da hat man ihn zu guter Letzt
in's Ministerium strafversetzt.

Trugschluß

Kaum, daß sich einmal Sonnenlicht
aus Spielerei im Prisma bricht,
schon glaubt das letztere, es macht
aus eig'ner Kraft die Farbenpracht.

Augenblicklich

Fuhr ihm ein Anblick in die Beine,
dann schlug er stante pede bieder
die wachen Augen einfach nieder.
Nur leider waren's niemals seine.

Kleiner Fisch

Ein Fisch am Haken bittet: Laßt mich wieder frei.
Und so als täte man's, gibt man ihm Leine.
Und der, weil er kein Märchenbutt ist, lügt: Juchhei,
das ist genau die Freiheit, die ich meine!

Wer hoch steht, hat nur bisweilen Fernsicht.

Eigenlobby

Ein Mitmensch sprach: Wer mir vertraut,
der hat auf keinen Sand gebaut.
Ein Gott, verkleidet? Aber nein!
Ein Mensch. Tatsächlich. Nur aus Stein.

Allgemeingültig

Das Ende aller Dinge? Die Verwesung.
Als Synonym für jeden andern Schluß,
der Anfang ist und Hoffnung auf Genesung
und auch für Diktaturen gelten muß.

Sinn und Ergebnis

Er lebe hoch! So rief man. Und er tat's.
In großer Höhe schwebte er dahin.
So unterscheiden sich sehr oft der Sinn
und das Ergebnis eines guten Rat's.

Senkrechtstarts können auch nach unten erfolgen.

Spießer

Gibt es das auch: Den deutschen Spießer, ganz in Rot?
Es lohnt sich schon, sich danach umzuseh'n.
Und siehe da, die anderen sind beinah' tot,
ja, quicklebendig gibt es sogar nur noch den.

Man muß die Zeit nehmen, übel, wie sie ist.

Dresden. Einst. Jetzt, 1984

Man sieht sich um und denkt: Was war es doch
durch die Jahrhunderte für Rattenloch.
Denn soviel wissen wir durch's Zeitunglesen:
Es ist noch nie so schön wie jetzt gewesen.

Minus mal Minus ist Plus nur in der Mathematik.

Die deutschen Fragen

Die deutsche Frage, das ist was?
Und noch genauer: Gibt es die?
Jawohl! Gleich zweifach: Haben Sie ...?
Ad eins. Ad zwei: Was kostet das?

Leistungstätigkeit

Ein Rennpferd siegte überall.
Doch einmal ward es Zweiter.
Die Konsequenz: Der Rassestall
verjagte Roß und Reiter.

Humorfestspiele der DDR. Abschlußpressekonferenz

Chefjournalist (beim Einmarsch des Präsidiums): Achtung! Genosse Präsident des Kuratoriums der Humorfestspiele und Generalsekretär des Beirates für Humor beim Ständigen Rat, ich melde Ihnen: Alle Anwesenden sind vollzählig eingeladen!
Präsident: Guten Tag, Genossen!
Alle Journalisten: Guten Tag, Genosse Präsident des Kura ...
Präsident (winkt gnädig ab): Setzen!
Chefjournalist: Genosse Präsident des Kuratoriums der Humorfestspiele und Generalsekretär des Beirates für Humor beim Ständigen Rat, gestatten Sie mir, bitte recht sehr, eine Frage?
Präsident: Als Präsident des Kuratoriums der Humorfestspiele und Generalsekretär des Beirates für Humor beim Ständigen Rat schätze ich ein, das ist eine gute Frage. Und ich möchte sie ohne Umschweife klar beantworten!
Chefjournalist: Ich danke Ihnen im Namen und zugleich in meinem eigenen.
Präsident: Lassen Sie mich abschließen. Unsere schöpferische, durch eine breite, vorwärtsweisende Diskussion getragene Diskussion, äh, Konferenz hat deutlich gemacht: Es wird gelacht! Unsere Menschen lachen. Unter uns. Über uns. Wir überbieten den Humorplan. Unsere Menschen lachen lauter als vorgegeben.
1. Journalist: Verzeihen Sie höflichst eine Zusatzfrage, Genosse Präsident des Kuratoriums der Humorfestspiele, könnte man sagen, auch unseren Humorbedarf decken wir vollständig aus eigenem Aufkommen?

Präsident: Lassen Sie mich abschließen. So wie unsere Krankenhäuser den Bedarf an Kranken reichlich abdecken, so auch wir. Kein Komiker wird bei uns arbeitslos! Im Gegenteil, jeder beliebige Komiker kann bei uns hoch aufsteigen.
1. Journalist: Ich danke Ihnen im Namen und zugleich in meinem eigenen.
2. Journalist: Verzeihen Sie gütigst noch eine weitere Zusatzfrage, Genosse Präsident des Kuratoriums der Humorfestspiele und Generalsekretär des Beirates für Humor beim Ständigen Rat?
(Präsident winkt huldvoll)
2. Journalist: Ich habe Ihren Worten entnommen. Trifft das zu?
Präsident: Lassen Sie mich abschließen mit der Bemerkung: Mehrere Clowns wollen zu uns einwandern.
2. Journalist: Hochverehrter Genosse Präsident! Gehört Karl Valentin zu ihnen?
Präsident: Zu mir?
2. Journalist: Oh, verzeihen Sie bitte meine ungeschickte Ausdrucksweise, Genosse Präsident. Ich meinte, gehört Karl Valentin zu denen?
Präsident: Ich bitte doch sehr! Der Mann gehört zu uns! Nicht umsonst heißt er Karl. Leider aber hat er auf unsere Einladung noch nicht reagiert. Doch das packen wir noch.
2. Journalist: Ich danke Ihnen im Namen und zugleich ...
Präsident: Lassen Sie mich abschließen. Der überwältigende Erfolg der Humorfestspiele in ihrer Einheit von lachen und lachen lassen wird deutlich machen: Mit dem Humor im Bunde heißt mit dem Sieg in Bunde. Es leben unsere Kinder- und Jugend-Humorschulen, es leben unsere Humor-Leistungszentren. Es lebe die Einführung von CAD/CAM zum Lachen! Die ersten Humorroboter, sie leben hoch, hoch, hoch!
Chefjournalist: Genosse Präsident der Humorfestspiele, ich glaube im Namen aller für die erschöpfende Pressekonferenz zu dan ...
Präsident: Aber ich bitte Sie! Nach meinem Zettel müßten doch noch ein paar Fragen, ähem ...
Chefjournalist: Pardon! Ich dachte, weil Sie in großer Eile ... Und überhaupt. Also Kollegen, Genossen! Der Genosse Präsident bittet darum.
3. Journalist: Die »Humorstaffette Lachsignal 2000« ist am Ziel. Kann sie noch darüber hinausschießen?
Präsident: Unsere Lachkampfkollektive haben ihren Arbeitsplatz

zum Kampfplatz für den Humor gemacht. Jetzt geht es um die geschlossene Kampffront von Publikum und Berufslachern. Nur so können wir das internationale Gelächter mitbestimmen. Und über das Ziel stoßen wir stets hinaus.
4. Journalist: Genosse Präsident, wird der Papst erwartet?
Präsident: Welcher?
3. Journalist: Genosse Präsident der Humorfestspiele, ich bitte um Entschuldigung, daß ich vorhin vergessen hatte, Sie ordnungsgemäß anzureden. Das soll nicht wieder vorkommen, das gelobe ich. Genosse Präsident, bitte noch eine Zusatzfrage: Verwenden Sie stets Originalpublikum?
Präsident: Aber sicher! Im Publikum haben wir mehr Originale als auf den Bühnen.
4. Journalist: Genosse Präsident, rechnen Sie mit Todesfällen?
Präsident: Bedenken Sie bitte das hohe Alter aller unserer Spaßmacher.
3. Journalist: Genosse Präsident der Humorfestspiele und Generalsekretär, Humorfestspiele sind Zeiten der Bilanz. Wo stehen wir?
Präsident: Wir stehen unerschütterlich an der Seite.
4. Journalist: Genosse Präsident der Humorfestspiele und Generalsekretär des Beirates beim Ständigen Rat, stimmt es, daß ein Parodist den Text der Nationalhymne . . .
Präsident: Alle, auch die Parodisten, geben ihr Bestes.
4. Journalist: Genosse Präsident, wird die Aktuelle Kamera das Ereignis im Bild festhalten und ausstrahlen?
Präsident: Festhalten bestimmt.
Chefjournalist: Genosse Präsident und Generalsekretär, was unternimmt der Ständige Rat, um unsere Menschen zu humorgerechtem Verhalten zu erziehen?
Präsident: Wir entwickeln das Humor-Auftragswesen. Exakte Vorgaben ermöglichen es dann jedem Bürger, genau zu wissen, wann er worüber lachen müssen darf.
3. Journalist: Ich bitte, sehr verehrter Genosse Präsident, nochmals um Nachsicht für meinen Fehler von vorhin. Es heißt, daß unsere Menschen in allen Ländern, in die sie reisen, als Feuerwerker des Humors und der Satire gelten. Trifft das zu?
Präsident: Ja. Und solch ein Erfolg in der CSFR zählt!
2. Journalist: Genosse Präsident, leisten wir Entwicklungshilfe auch in Sachen Humor?
Präsident: Ja. Wir exportieren Kraftfahrzeuge.

4. Journalist: Genosse Präsident und Generalsekretär, lachen Sie selber?
Präsident: Junger Mann, ich bin für den Humor dieses Landes verantwortlich. Das ist eine ernste Sache. Lassen Sie mich abschließen. Ich stelle Einmütigkeit fest. Ich danke Ihnen für die Freimütigkeit unserer demokratischen Konferenz.

Bankraub

Protzkow war unsere Bank für den großen Wettkampf. Noch niemand in der Gemeinde hatte je eine bessere Leistung erzielen können. Wir waren unserer Sache so sicher, daß wir zu einer kleinen Konferenz, zu einer vorweggenommenen Siegesfeier gewissermaßen, einluden. Der Sportredakteur unserer Tageszeitung knipste viel und schrieb anderntags, er habe den prächtigen Protzkow gesehen, habe ihn sogar sprechen dürfen, habe den Arzt und die Massageräume besichtigt und die Spezialverpflegung gekostet – alles sei vortrefflich gewesen. »Protzkow wird siegen, dessen können wir sicher sein. Er wird die ruhmreichen Farben unserer kleinen Gemeinde als Diplomat im Trainingsanzug über die Kreisgrenzen hinaus bekanntmachen. Er wird auf jeden Fall Ehre für uns einlegen. Mag die lausige Konkurrenz erzittern vor unserer Größe.« Uns allen wurde warm ums Herz bei diesen Worten. Protzkow, solcherart motiviert, verpflichtete sich öffentlich, er werde springen, daß die Latte wackelt. Bei aller Bescheidenheit auch noch köstlich humorig, unser Protzkow. Bis die Latte wackelt, hahaha. Aber soll er ruhig, dachten wir. Dann war es soweit. Der Charterbus transportierte Protzkow, seine elf Betreuer und die zwei Schlachtenbummler aus dem Bürgermeisteramt vorsichtig in den Nachbarkreis. Kinder winkten, Mütter weinten, Reporter orakelten. Protzkow, ganz ruhige Gelassenheit, lächelte. Unser LPG-Vorsitzender, der Dorfpolizist und der Filmvorführer witzelten über die bedauernswerte Gegnerschaft, die lediglich teilnehmen könnte am Wettbewerb des Sports, um sich schlagen zu lassen. »Wir in unserer kleinen, friedliebenden Gemeinde haben nun mal die einzig richtige olympische Einstellung zum Sport. Das sagen wir zurückhaltend, aber deutlich.« Lange starrten wir andächtig der Staubwolke hinterher. Mann, waren wir stolz. Aber wir waren auch emsig. Sofort gingen wir an die Ausschmückung der Gemeinde. »Vivat Protzkow!« und »Sieg für unsere Gemeinde« waren nur zwei der schönen Losungen, die wir an die Häuser malten, denn übermorgen schon würde unsere Equipe ruhmreich zurückkehren.

Doch dann geschah das Unfaßbare, das Ungeheuerliche, Blamable. Neinnein, Protzkow blieb nicht dort, nein, verlassen hat er unsere kleine Gemeinde nicht, zurückgekommen ist er, das schon, aber als Opfer einer unglaublichen Tragödie, die ihn auf den schändlichen zweiten Platz zurückwarf. Es kann nur so gewesen sein, wie die fünfzehnköpfige Ermittlungsgruppe feststellte: Protzkow wurde eindeutig vom Kampfgericht benachteiligt, die Hochsprunglatte war präpariert, die Gegner hatten sämtlich nicht zugelassenen Gummi in der Hose und waren gedopt. Protzkow wurde das Opfer eines Komplotts der größeren Kreise, die unserer kleinen, friedliebenden Gemeinde ihre strahlenden Erfolge mißgönnten.

Selbstverständlich wurden auf dieser Basis auch alle unsere Proteste abgewiesen. Uns blieb zuletzt nichts anderes übrig, als das Ergebnis fair hinzunehmen. Aber anerkennen können wir es nicht. Moralisch haben wir gesiegt.

Falsche Hoffnung

Entdeckte einst ein großer Berg
an seinem Fuße einen Zwerg
und fragte ihn: Bleibst du so klein?
Der Zwerg, noch jung, rief: Niemals, nein!
Bald werde ich erwachsen sein.

Notausgang

Der Kommunismus, wird er gut?
Wer weiß. Im Fall des Falles . . .,
bleib, Mitmensch, dennoch frohgemut.
Der liebe Gott kann alles.

Der Esel, den man auf Eis legt, wird schon bald darauf tanzen.

Höchstderoselbst Erich I.

Wer schüttelt da den Staub von seinen Füßen?
Der Geist der Zeit, der aus der Flasche steigt!
Das ist ein Fähnchenschwenken, Jubeln, Grüßen.
Als einziger – der Kronenkorken schweigt.

In memoriam

Die Schatten der Vergangenheit ...
Man lächelt maliziös: Apart!
Allein, sie waren seinerzeit
die Schatten einer Gegenwart.

Nur Scharlatane sind sich ihrer Sache sicher.
Sagte der Scharlatan.

Wenn

Wenn ich alleine stünd', ich wär' ein Riese.
Ich wüchse keß und ungezogen
hinauf bis zu dem Regenbogen.
So sprach ein Grashalm mitten in der Wiese.

Unwissenheit schützt vor Straffreiheit nicht.

Vorsatz

Ich will mein Ziel, erklärte er gewichtig,
zur besten Sache dieser Welt erklären.
Und im Prinzip war jener Vorsatz richtig.
Wenn nur die Fehler nicht gewesen wären.

Gedächtnishilfe

Vergeßt das nie: Im Kreml brennt noch Licht ...
Und es war Nacht. Die Feuerwehren schliefen.
Nur der dort oben, der schlief wirklich nicht.
ER fand sie alle, die da Feuer riefen.

Auch Paradepferde landen letztlich beim Abdecker.

Dünnbrettbohrer

I
Ein Dünnbrettbohrer. Was das wäre?
Ein Bohrer eben. Leicht zur Hand.
Mit Bizeps fraglos. Und Verstand.
Nur – stößt er vor, stößt er ins Leere.

II
Ein Dünnbrettbohrer stand im Laden
und suchte für den Durchbruch von Beton
einen Kollegen stärkerer Fasson.
Doch fand er nichts als Kameraden . . .

Initiatiefenwirkung

»Wir halten unser Blech in Ehren und pressen für die Bürger Scheren, liebe Kollegen. Und damit erkläre ich den heutigen Arbeitstag feierlich für eröffnet.« Genosse Direktor Stein verließ das Rednerpult und trat zu den anderen zurück, um das Startband zu durchschneiden. Bereichsleiter Genosse Bartsch reichte ihm, ein wenig unaufmerksam, Schere und Reserveschere, und während Genosse Direktor Stein noch am Band herumfummelte, dominierte in Genossen Bartschens Kopf nur ein einziger, stolzer Gedanke: alles mein Werk, meine Initiative.

Den Abschluß hatte noch in der Nacht die Renovierung der Toilette gebildet. Tipptopp geworden die neue Tür. Die hatten vielleicht die Augen aufgerissen heute morgen, als sie alle antraten zum Appell, der Sicherheitsinspektor, der Gewerkschaftsfritze, die Betriebsärztin und zwölf Kolleginnen und Kollegen aus der Verwaltung. Links in der Ecke, dort wo sonst die Reklamationen hingeschmissen werden, steht jetzt ein Dreihundertliteraquarium mit prächtigen Exoten als Raumteiler zur blütenweiß eingedeckten Frühstücksecke mit dem schönen Geschirr. Rechts in der Ecke hängt ein gefüllter Erste-Hilfe-Schrank, dessen zweckmäßige Schlichtheit durch acht vortreffliche Blumenarrangements erheblich aufgebessert wird, und unmittelbar daneben liegt das reichlich vorhandene Material in allerbester Qualität. Es wartet auf die vier Kollegen, um die es hier geht und die es zum Finalprodukt umfunktionieren werden. Im Nachbarraum dagegen warten fünf ausgefuchste Reparaturschlosser einzig darauf, eventuell auftretende Schäden an der Technik sofort zu reparieren. Sie werden direkt mit Getränken und warmer Kost versorgt. Und indes sich die vier Kollegen Produktionsarbeiter nicht ganz ohne Mühe ihren Weg vom Startband zu den Maschinen durch die mehr als zwanzig Beobachter bahnen, überreicht Genosse Direktor Stein Genosse Bartsch einen prallen Briefumschlag. Die Zielprämie.

»Die werde ich gleich übermorgen umsetzen«, bedankt sich Genosse Bartsch beim Genossen Direktor.

»Übermorgen? Ich denke doch, morgen!?«

»Nein, Genosse Direktor, das geht nicht. Morgen muß ich das Aquarium, die Pflanzen, die Toilettentür, das Blech und überhaupt alles wieder abbauen und zum Genossen Direktor Scheinele schaffen. Den besucht der Minister doch als nächsten.«

Dressurrealismus

Da müht sich einer als Dompteur.
Er scheucht die Tiere – und vergißt,
daß nur der Mensch, ob Greis, ob Gör,
perfekt dressurgeeignet ist.

Wind und Fahne: Man drehe ihn nach ihr.

Korrektur

Ja, wie ich denn nun Deutschland fände.
An vielen Stellen fragte man mich so.
Ein Sachse, Gast am andern Ende,
begriff ich dort: Man frage besser, wo.

Pfand der Hymne

. . . hieß einst: Laß uns dir zum Guten dienen,
Deutschland, einig Vaterland.
Aus der Text. Das D gehört jetzt ihnen.
Bleibt die Melodie als Pfand.

Gieße Öl auf die Wogen, sofort ist einer
mit Streichhölzern zur Stelle.

Der Beschatter

Er hatte zwar mit Kunst rein nichts zu schaffen,
wenn er, egal wo sich das Licht befand,
nie anderswo als uns im Rücken stand,
doch stellt ihn ins Museum. Zum Begaffen.

Rollkommando

Ein roter Teppich. Himmelan
entrollte man ihn. Und der Zweck?

Den Platz darunter brauchte man.
Wohin wohl sonst mit all dem Dreck?

Wo ein Schaf vorangeht, folgen nicht nur Schafe nach.

Kein falscher Hund ohne falschen Herrn.

Auf Leben und Tod

Die Staatsgrenze wurde verletzt.
Und wie man hörte: schwer.
Nun fürchten welche entsetzt,
sie erholt sich nicht mehr.

Man kann eine Rede ablesen und doch kein Blatt
vor den Mund nehmen.

Sprachbarriere

Ein Fisch, französisch sprechend, hing im Netz.
Die Fischer, die das in der Ordnung fanden,
sie boten dem begabten Tier Kaffee
und sicheren Gewahrsam laut Gesetz.
Des Fisches Antwort klang wie: Lieber Tee!
Worauf er starb. Sehr gründlich mißverstanden.

Die jemanden auf's Dach steigen
sind nur ganz selten Dachdecker.

Tun

Es ist soweit: Die Zeit verlangt nach Taten.
Drum tut etwas. Nennt's kämpfen oder Job.
Tut's mit Computern oder tut's mit Spaten.
Doch tut etwas. Nur tut nicht nur als ob!

Metamorphose

Wir amputieren alte Zöpfe.
Das nützt dem Renommee
und – schneidern draus für uns're Köpfe
ein schützendes Toupét.

Das Saarland ist schön.
Es kann nichts für Honecker und Lafontaine.

Frischwasser

Ein Loch im Boden. Wieder eine Falle?
O Wunder, nein! Ein Brunnen, frisch getäuft.
Schon rieselt Wasser. Und es reicht für alle.
Nun wacht, daß es sich nicht im Sand verläuft.

Glasnostalgie

Ein Fensterglas. Ein wichtiges Büro.
Die Scheibe blind. Da suchte die Verwaltung
nach einem Mittel für die Werterhaltung.
Ein alter Lappen fand sich irgendwo.
Mit diesem ging man an die Umgestaltung.

Gedenken wir Esaus in Ehrfurcht.
Er war noch durch ein Linsengericht zu bestechen.

Wenn das Kind in den Brunnen gefallen ist, wird es zugedeckt.

8

Das Leben ist niemals gerecht.

Wilde

Glücksspiel

Liegt irgendwo beim Losverkauf
der Nichtgewinn ganz obenauf,
dann wird durch diesen Platz die Niete
zur Prominenz, nicht zur Elite.

Offenkundig

Der Schiffbruch schuf das Rettungsboot.
Sie macht erfinderisch, die Not.
Und also liegt es auf der Hand,
wozu die Menschheit sie erfand.

Solitär

Ein Mitmensch, hat er immer recht,
dann wird er sich zum Klotz am Bein,
dann wird er, wie im Teich der Hecht,
zwar stark, doch auch sehr einsam sein.

Ziele

Ein Ziel, das nur sehr schwer ein Mensch erreicht:
Jedermann zum Narren halten.
Anders wird es sich gestalten,
hält er zu jedem Narren. Das ist leicht.

Klare Fronten

Am Anfang war das Wort. Das Wort? Ich wüßte
da ziemlich gern genauer, was für ein . . .
Doch wenn ich einfach einmal raten müßte:
Ein Possesivpronomen? Sicher! Mein . . .

Haltungen

Kaum wird ein Mitmensch von der Welt
auf irgendeinen Platz gestellt,
schon denkt er listig, sei es drum!
Und baut ihn sich zum Sitzplatz um.

Verschaukelt

Wo Theorien dich umgaukeln,
schwingst du dich bald auf grauen Schaukeln
durch eine buntlackierte Pracht.
Und steigst du ab, ist um dich – Nacht.

Typisch und bedeutsam

Das Typische am Sieb? Das Loch?
Statistisch stimmt das ganz genau.
Die Lochzahl dominiert. Jedoch
bedeutsam ist – der Drahtverhau.

Faschingsgedanken

Das ist das Schöne an den Elferräten:
Kaum eingesetzt, schon nehmen sie den Hut.
Wenn alle Narren es genauso täten!
Kein Vorschlag. Ein Gedanke nur. Doch gut.

Leider nicht

Ein Mitmensch wünschte, Worte wär'n wie Hunde,
die, für den Fall, man kettet sie nicht an,
von einer zu der anderen Sekunde
ein leiser Pfiff zurückbeordern kann.

Feigenblatt

Wer immer lächelt, deckt meist eine Blöße.
Nur einmal angenommen, du entfernst
den Zuckerguß, dann ist es selten Ernst,
was du erblickst, doch oft das Böse.

Alkohohl

Der stete Tropfen höhlt den Stein.
Doch jenen, die ihn darum preisen,
muß jederzeit geläufig sein:
Das gilt auch für den Stein der Weisen.

Zwangshaltung

Geht man mit klugen Köpfen um,
wird nicht verlangt, sein Rückgrat zu verbergen.
Verkehrt man aber mit Verstandeszwergen,
heißt es sich beugen. Denn die mögens krumm.

Erkenntnis

Die Rathausuhr in unserem Nest geht nach. Das ist peinlich und führte seit Jahren zu allerlei Verwicklungen. Man denke nur daran, daß sich am Jahresanfang bereits Schwierigkeiten mit dem Planstart ergaben. Nur zu oft konnten wir die Viertelstunde in den folgenden zwölf Monaten nicht wieder aufholen. Also rückten wir der Sache energisch zu Leibe. Aber die Analyse führte zunächst zu nichts Greifbarem. Wir fragten in Ruhla an. Umsonst. Unser Uhrmacher wurde in den Turm gesteckt. Nichts. Schon wollte sich allgemeine Resignation breitmachen, als die fünfte Klasse der ortsansässigen Schule schließlich den Fehlerteufel entlarvte. Die Uhr, erklärten die jungen Forscher, müsse zwangsläufig nachgehen. Schließlich würde sie nach dem Zeitzeichen aus Berlin gestellt. Der Schall aber pflanze sich in der Sekunde nur dreihundertdreiunddreißig Meter fort. Bis er somit in der Provinz einträfe . . .

Eigentlich hätte uns das ja nun geläufig sein müssen. Doch für Erkenntnisse ist es andererseits nie zu spät. Jetzt geht die Uhr zwar nach wie vor nach, aber jeder hat plötzlich Verständnis dafür.

Synchron

Der Wohlstand steigt. Wer möcht' uns das verwehren?
Doch seltsam ist, seid dessen eingedenk,
daß sich, so quasi aus dem Handgelenk,
die Armutszeugnisse synchron vermehren.

Gewußt, wo

Es gibt sie noch, die sagenhaften Wesen,
die Ritter ohne Furcht und Tadel,
noch gibt es Schöngeist, Seelenadel.
Ihr müßt nur fleißig Lebensläufe lesen.

Intrigantenbein

Den Scheitel neigt der Ränkeschmied beim Grüßen
vor euch servil bis dicht an das Parkett.
Doch aufgepaßt, das macht er wieder wett
und läßt euch eure eitle Einfalt büßen:
Schon bald spricht jedermann von euren Füßen.

Manche Worte

Manche Worte, aufgereiht zu Sätzen,
sind wie feste Perlenketten. Jedenfalls
ähneln sie den vorerwähnten Schätzen:
Sie umschnüren unnachgiebig deinen Hals.

Verfasser schlechter Briefe sind stets auch
schlechte Leser von guten.

Evergreenhorn

Ein Optimist, muß er die Segel streichen,
auch dann bleibt er er selber und setzt kühn
für sich und alle andern Hoffnungszeichen:
Er nimmt den Farbentopf – und streicht sie grün.

Alles schon dagewesen

Wir trinken aus dem Fluß der großen Geister.
Und sind wir auch sehr früh zur Stelle,

wir sind zu spät. Gesellen, doch nicht Meister.
Die vor uns tranken aus der Quelle.

Klappern lassen gehört zum Handwerk.

Kennzeichen

Wie wird ein Mitmensch prominent?
Wenn ihn die Leute kennen? Nein!
Viel wichtiger noch dürfte sein,
daß er die rechten Leute kennt.

Besinnung

Wenn Weihnachten ist, wenn Weihnachten ist,
besinnt man sich auf allerhöchste Güter,
auf Liebe, Frieden und auf Jesus Christ
– und dann verschenkt man seine Ladenhüter.

Musicboxer

Ein Prahlhans, pfeift er auf dem letzten Loch,
wird, seid gewiß, betonen, daß er doch,
nicht anders als in jeder frühern Phase
nur allegrissimo Triumphmarsch blase.

Wer mit dem Feuer spielt, denkt meist sehnsüchtig
an die Feuerwehr.

Hilfe!

Ich werde dir helfen! Das ist, wie es scheint,
ein Satz, den mit offenen Händen
gewisse Personen verschwenden.
Nur deucht er mich meistens als Drohung gemeint.

Alter Zopf

Wer überzeugen will, wirft nicht mit Torten.
Das festzustellen ist ein alter Zopf.
Er greift vielmehr zu schönen, frommen Worten
und – haut uns seine Bibel auf den Kopf.

Fortschritt

Mackie Messer, eines der Idole
vergangner Zeit, folgte dem Zwang
zu einem zweiten Bildungsgang.
Nun ist er wieder in: Mackie Pistole.

Mutation

Man findet ihn, den Mut, den bloßen,
bei kleinen Leuten und bei großen.
Die Großmut aber, so will's scheinen,
ist meist das Privileg der Kleinen.

Ein Ordinarius begrüßt

Magnifizenz! Spectabilis! Meine lieben jungen zukünftigen Kollegen! Für Sie alle, die Sie heute erstmals in diesem altehrwürdigen Hörsaal sitzen, beginnt nun der Ernst des Lebens. Der Weg bis an's Ziel wird nicht immer leicht sein, er wird viele Kurven haben und durch Höhen und Tiefen führen, aber er wird Sie, wenn Sie fleißig und strebsam sind, schließlich und endlich an Ihr Ziel bringen. Mit dem Studium der Mathematik, zu dem Sie sich entschlossen haben, weihen Sie sich der exaktesten aller Wissenschaften. Mathematik ist unbestechlich; ihre Beherrschung setzt Begabung voraus, verlangt beharrlichen Fleiß und eine solide Vorbildung. Wie ein guter Pianist das muß, müssen auch Sie täglich üben, um letztlich Virtuosität zu erreichen. Das alles ist Ihnen selbstverständlich noch aus der Zeit Ihres Abiturs in groben Umrissen bekannt. Der Grundstock für ihr heutiges Wissen wurde immerhin in der Oberschule gelegt. Nachdem Sie alle als Voraussetzung für Ihre Immatrikulation Ihren dreijährigen Armeedienst freiwillig – ich bitte Sie um etwas mehr Ruhe! – freiwillig abgeleistet haben, geht es, und damit bin ich eigentlich bereits am Ende meiner einführenden Worte, zuallererst darum, Sie wieder zu selbständigem Denken zu befähigen. Wir werden daher gemeinsam und unverzüglich damit beginnen, den Stoff der Reifeprüfung und dessen Grundlagen zu rekapitulieren. Da Sie nun einmal unsere befähigtesten Mathematiktalente sind, können wir uns sofort anspruchsvollen Aufgaben zuwenden.

Wir beginnen heute mit dem Kapitel Addition und Subtraktion.

Je nachdem

Hat irgendwann ein Mitmensch Pech,
sucht er die Schuld bei Dritten.
Doch hat er Glück, dann wird er frech
behauptet: Selbst erstritten!

Immer wieder den Stachel zu löcken ist schändlich,
immer wider den Stachel zu löcken, schädlich.

Probater Ausweg

Fehlt's, Mitmensch, dir an Urteilskraft,
dann pfeife auf die Wissenschaft
und suche anderswo dein Heil:
Vertraue auf ein Voruteil.

Hart

Ist wer gewohnt, fest zuzupacken
und jede harte Nuß zu knacken,
bemerkt er häufig, mit Verlaub,
nicht selten ist, was hart ist, taub.

Wasserstandpunkt

Steht wem das Wasser bis zum Hals,
so sollte er sich schleunigst trimmen.
In solchem Fall nutzt keinesfalls
ein Theorem. Da hilft nur schwimmen.

Sowohl als auch

Das kluge Pferd, im Zirkuszelt,
beweist, stupid dressiert, der Welt:
Man kann, entgegen allem Schein,
beschlagen und behämmert sein.

Gemeinsam und verlassen

Zehn Durchschnittsmenschen. Man befragte sie
nach ihrer Meinung. Und im Chor
empörten sie sich alle: Nie!

Da nahm man jeden einzeln vor.
Und zehnmal hieß es: Stimmt schon irgendwie.

Differenziertheit

Wie sich die Leute unterscheiden!
Sind, exemplarisch nur, zwei Mann,
und redet einer Blech von beiden,
der andere – hört ihn sich an.

Passiv

Ein Mitmensch, ist er ohne Geist,
dann wird er diese Klippe meist
im Handumdrehen meistern:
Er läßt sich schnell begeistern.

Aufstieg

Ein Vakuum saugt alles auf.
Nur, sitzt es, wie beim eitlen Tropf,
bevorzugt unterm Hinterkopf,
gelangt nur blauer Dunst hinauf.

Lysistrata 2000

Lysistrata, gesetzt den Fall, sie lebte jetzt,
was wäre sie? Ein Pazifist? Vonwegen!
Sie hätte ohne Zweifel ihren Schmuck versetzt
und trüg' an seiner Stelle einen Degen.

Wer zuerst kommt wird zuerst gemahlen.

Kreatief

Manch strammer Kerl ist immer Herr der Lage.
Er löst im Handumdrehen jede Schlüsselfrage,
indem er einfach unverweilt
– verstohlen einen Dietrich feilt.

Über Plakativität

Man sollte es um keinen Preis vergessen,
wie oft ein gar zu rasches Urteil hinkt.
Das Loch im Schweizerkäs' weckt Arg. Indessen,
es ist der Romadur, der heimlich stinkt.

Pflichtgemäß

Legt ein Huhn im Nest ein Ei,
gackert's leis' und läßt's dabei.
Sang ist Freude, Arbeit Pflicht.
Daher singt die Henne nicht.

Worauf die Deutschen stolz sind

Das länderübergreifende Meinungsforschungsinstitut Intertest führte in dreiundachtzig Staaten der Welt eine repräsentative Umfrage zu dem Thema ›Worauf sind die Deutschen stolz?‹ durch.

Das Ergebnis war verblüffend einheitlich.

Die Deutschen sind stolz auf Goethe, Albert Schweitzer, Schiller, Diesel und Otto, Mozart, auf Marx, Luther, Karl May, auf Beethoven, Erich Kästner und Robert Koch, sie sind stolz auf ihre Universitäten, auf Humboldt, Justus von Liebig, Wernher von Braun, Remarque, auf Thomas Mann, Richard Wagner, Händel, Kopernikus, sie sind stolz auf Gutenberg, Bauhaus, den Thomanerchor, Cranach. Einstein, Dürer, Kleist. Die Deutschen sind stolz, ein Volk der Dichter und der Denker zu sein.

Nach Auswertung der Ergebnisse beschloß Intertest, auf eine Veröffentlichung so lange zu verzichten, bis die Deutschen selber zum gleichen Thema befragt worden und interessante Vergleiche möglich wären.

Also befragte man die Deutschen: »Worauf sind die Deutschen stolz?«.

Das Ergebnis war wiederum verblüffend einheitlich.

Die Deutschen sind stolz auf Mercedes Benz, BMW, die Pünktlichkeit, Sauberkeit, auf ihre Gardinen, Marlene Dietrich und die Bündnistreue, auf Mario Adorf, auf Eisbein mit Sauerkraut und Fritz Walther, auf Marita Koch und das Bier. Als nunmehr Intertest alle Umfrageergebnisse bekanntmachte, erklärten die Deutschen in einem Postscriptum:

Wir sind stolz darauf, daß man von uns denkt, wir wären stolz auf das, wovon die anderen annehmen, daß wir darauf stolz sind.

1986

Anscheinend

Warum scheint die Sonne rot?
Bündig ist nur dieser Schluß:
Scham! Weil sie der Erde Not
jeden Tag beleuchten muß.

50 %

O Mitmensch, wozu hat dein Mund zwei Lippen?
Hat er sie nur, um, solcherart verziert,
tagaus, tagein am Honigmond zu nippen?
Nein! Daß er eine ab und an riskiert.

Wenn Schaumschläger kämpfen, werfen sie mit Sahne.

Mancher Akademiker versteht mehr von Backbord
und Steuerbord als vom Bücherbord.

Blind, taub, stumm und . . .

Seit tausend Jahren regeln es drei Affen,
was unumstößlich für das Dasein stählt.
Mein Vorschlag: Einen vierten anzuschaffen,
der zeigt, was das Gewissen schützt. Der fehlt.

Lob

Ein Lob der Unbeständigkeit.
Was immer kam, was immer schwand,
sie hatte noch zu jeder Zeit
den zuverlässigsten Bestand.

Just ebenda

Dem hohen Roß läßt man die Zügel schleifen
und ist erstaunt, liegt's plötzlich auf dem Bauch.

Just ebenda beginnt man zu begreifen,
es ist ein Gaul wie alle andern auch.

Hochmut ist die häufigste Tarnkappe der Höhenangst.

Quitt

Wenn jemand in den Fettnapf tritt,
ist stets ein anderer entzückt.
Vor Gott, denkt dieser, sind wir quitt:
Er trat. Ich hab' den Napf gerückt.

Symbiose

Zu Diensten, sprach zur Wahrheit einst die Lüge.
Und seither sind die beiden ein Gespann,
aus dessen symbiotischem Gefüge
von beiden keine mehr entrinnen kann.

Ubiquitär

Ein Mitmensch, ein Beruf: Er übt ihn aus
und wetzt sein Leben lang die gleichen Stufen.
Die Schuster aber heben sich heraus.
Man findet sie in sämtlichen Berufen.

Oft nur scheinbar: Unscheinbar.

Steinzeit

Mitmensch, gibt man dir gleich Wein,
frag' dich, wo, frag' nach den Zwecken.
Unter einen Tisch aus Stein
soll man nicht die Beine stecken.

Am ehesten kommen Schleicher Schleichern auf die Schliche.

Bei manchen Leuten klingen die wärmsten Worte
als zerkauten sie Eiswürfel.

Gliederung

Selbst wenn sich kleine Gedanken wie Kletten
verflechten, sie werden dennoch nicht groß,
sie werden nicht wichtig, sie werden bloß
die Glieder von festen Gedankenketten.

Wer häufig in's Fettnäpfchen tritt,
macht sich zumindest seine Schuhe dicht.

Piranhas sind auch kleine Fische.

Des Deutschen Predigtkanzel: Die Gardine.

Wer zuerst lacht, lacht oft nie wieder.

Halt!

Ein nobler Mitmensch stürzte schwer.
Auf Glatteis brach er sich das Bein.
Daraus ergibt sich, fällt wo wer,
dann muß er nicht gleich haltlos sein.

Ex (a)equo

I
Ein Pferdenarr. Man weiß es längst.
Doch ebenso ist unbestritten,
er reitet nicht. Er wird geritten.
Ein Mitmensch. Gattung Bürohengst.

II
Ein Mitmensch. Jeder Sattel ist ihm recht.
Da wäre nichts, was ihn beim Reiten stört,
sofern das Zubehör nur stempelecht
zum Schimmel irgendeines Amts gehört.

Je mehr PS, desto mehr Steigbügelhalter.

Vita externa

Manche Leute ähneln stark den steifen,
hoffnungslos passiven Orgelpfeifen:
kühl und hohl und ohne jedes Leben.
Nur ein Blasebalg bringt sie zum Beben.

Hochmut

Der Hochmut kommt, bevor man fällt.
Und kommt er einmal hinterher,
hat man auch ihm ein Bein gestellt.

Selbstentzündung

Er wäre nur ein Nichts, der blaue Dunst?
Ich kenne Leute, die aus vielen Gründen
erst ihn und sich sodann an ihm entzünden.
Und stünde je ein Nichts in solcher Gunst?

Tagtäglich

Die Nacht ist um. Die Sonne scheint. Es fügt
der Mensch sein Guten Morgen bei,
als ob er drüber glücklich sei.
So ist sein Start in jeden Tag: Er lügt.

Die Woche beginnt leider schon montags.

Tagewerk

Man verschiebe nichts auf morgen.
Das vor allem nicht, was man nicht mag.
Hat man sowas zu besorgen,
dann ist übermorgen auch ein Tag.

Vom Winde verweht

Wer aufrecht in der Wüste steht,
der wird geschwinde zugeweht.
Und da, wo er noch eben stand,
bleibt nur ein kleines Häufchen Sand.

Nur wer nichts überblickt, übersieht alles.

Erkenntnispraxis

Könnten die Computer denken,
sähen sie die Welt ringsum,
die wir just mit ihnen lenken.
Und dann brächten sie sich um.

Giftgast

Nicht selten kriecht sich einer groß.
Zwar wird er dadurch ziemlich übel riechen,
doch, gasgefüllt, enteilen. Bloß,
um in den Wolken stolz dahinzusiechen.

Würmer stolpern nicht.

N.o.

Ein Mitmensch mit den allerfeinsten Sitten,
ein Mitmensch mit dem allerbesten Schliff,
Noblesse oblige. Er ist dir ein Begriff?
Greif' ihn mal an! Schon hast du dich geschnitten.

P.erectus

Wie der Mensch vom Aff sich scheidet?
Dieser rollt sich ein, wenn's blitzt,
jener bleibt, auch wenn er leidet,
aufrecht. Sogar falls er sitzt.

Das A und O einer Sache ist wichtiger als ihr ABC.

Gestik

Um des lieben Friedens willen
malt er eine Taube in den Sand.
Dem sie gilt, der denkt im stillen:
Meine Fläche! Und tritt auf die Hand.

Global

In welcher Sprache wir auch sprechen,
in welchem Dialekt es sei –
sie eint das nämliche Gebrechen:
Man redet stets am Kern vorbei.

Gewiß

Es ist gewiß nichts, um es anzufassen,
was Gott uns gab und sich Gewissen nennt.
Und keiner, der da ein Gewerke kennt,
wo man es könnte überholen lassen.

Instrumentelles

Wie falsch, ein Instrument zu schmähen.
Noch nie hat eines wen verletzt.
Genauer: Ist das doch geschehen,
ward es von uns inganggesetzt.

Über das Nationalbewußtsein

Alle, die Franzosen, die Cheyenne, die Polen, die Russen,
die Holländer, die Papua, eben alle, sogar die Amerikaner,
haben ein Nationalbewußtsein, das sich in gesunden Grenzen hält.
Nur die Deutschen besitzen zuviel davon,
Daher haben sie auch mehrere Staaten, um den Überschuß praktisch auszuleben.

Der Zahn der Zeit stammt aus einem Raubtiergebiß.

Grund

Nichts ist auf dieser Erde ohne Grund.
Oft aber liegt er unter tiefem Schlick.
Doch sucht man ernsthaft, schließe man den Mund
und tauche. Und riskiere einen Blick.

Bist du nicht willig . . .

Der Philosoph – ein reiner Denker?
Seit Plato hält sich das Gerücht.
In Wahrheit zählt er zum Gezücht
der vorbedachten Stöckchenschwenker.

Leisetreter erkennt man nicht am Schuhwerk.

Alibi

Ein Mitmensch, den man großer Faulheit zieh,
erwiderte empört: Damit ihr's wißt,
ich kenne Größere, die schaffen nie.
Selbst Gott tut nichts Bestimmtes. Nein: Gott ist.

Jeder ist sich selbst der nächste Tor.

Deckung

Kaum, daß ein Mensch auf dieser Welt
sich hinter and're Menschen stellt,
schon proklamiert er als den Zweck
den Beistand. Niemals das Versteck.

Manna

Was treibt uns an, wenn wir gemütlich gehen,
was zwingt uns in Galopp, was jagt uns fort?
Die Furcht, die andern könnten jenen Ort,
wo Manna wächst, vielleicht noch vor uns sehen.

Man muß nur fest daran glauben,
dann wird das Pech schon kommen.

Kenntnis

Kaum fragt wer wen: Wie geht's, wie steht's?,
sagt der bedauernd: tut mir leid.
Der Mitmensch weiß bekanntlich stets
nur über andere Bescheid.

Selbstwertgefühl

Der Gipfel aller Schlechtigkeit
ist: Ungerecht zu sein. Alsdann,
was bin ich gut, so sprach ein Mann.
Und übte Selbstgerechtigkeit.

Anscheinend

Das liebe Geld. Es soll nicht nötig sein?
Für wen, wofür wär's überflüssig?
Das Gegenteil erscheint mir schlüssig:
Sogar die Sonne wär' nichts ohne Schein.

Handel und Wandel

Die Zeiten, in denen die Ungarn ihre herrliche Salami aus Eselfleisch machten, sind Geschichte. Die Magyaren haben einfach nicht mehr genügend Esel zur Verfügung, die sich zu Exportwurst verarbeiten lassen.

Und so kam es prompt zu Versorgungslücken bei uns, die die Frage »Hamse Salami?« bald ebenso blödsinnig werden ließen wie »Hamse Aal?«.

Zwischen Saßnitz und Suhl setzte folgerichtig das große Nachdenken über eine angemessene Salamitaktik ein.

Wenn, so folgerten die Experten, wenn die nicht mehr über eine ausreichende Zahl von Eseln verfügen, dann müssen sie die Wurst aus was anderem herstellen. Logisch.

Im Westen gibt's das Zeug ja immer noch haufenweise. Eine Spähertruppe wurde in Richtung Puszta in Marsch gesetzt. Sie ermittelte. Die Ungarn stellen diese Delikatesse jetzt aus dem Fleisch ganz ordinärer Rindviecher her, die sie jedoch importieren müssen, weil auch davon nicht mehr genügend existieren.

Es ergab sich folgende Schlußfolgerung: Wenn die DDR aus ihren gewaltigen Überbeständen die Ungarn beliefern würde, wäre ihr auf's trefflichste gedient. Sie würde ihre alten Ochsen los und bekäme dafür etwas Ordentliches zurück.

Egalité

Daß sich auch nicht zwei Hände gleichen!
Daktyloskopisch stimmt das. Dies

ist unbedingt zu unterstreichen.
Doch sonst? Sind alle gleich: Mies.

Ein Jegliches hat seine Zeitbombe.

Zielstellung

Sich seinen Horizont erweitern,
das ist ein Anspruch mit Niveau.
Das heißt, man will nicht irgendwo,
man will im größtem Umfang scheitern.

Der Sprung in seichtes Wasser ist am gefährlichsten.

Fremder Lorbeer eignet sich vorzüglich
für die eigene Gewürzbüchse.

Vision

Es irrt der Mensch, solang er strebt?
Wie gut, die Zahl der Strebenden ist klein.
Es könnte daher demnächst möglich sein,
daß bald kein Irrender mehr lebt.

Klugheit

Es schadet, wird man stets für klug gehalten.
Man handelt sich zu viele Pflichten ein.
Das Leben läßt sich ruhiger gestalten,
wenn man so klug ist, öfters dumm zu sein.

Der Lauf der Welt ist ein Hindernisrennen.

Denken und Handeln

Man denkt. Und wenn man's tut, bringt man's zu Ende
Dort angekommen aber, wie sich zeigt,
verlangt der Kopf Aktivität der Hände.
Doch besser ist es, wenn man das verschweigt.

Beschränkt

Gesetzt den Fall, dir käme ein Gedanke
von, sagen wir, historischem Gewicht.
Es wäre wirklich schade drum. Die Schranke
der allgemeinen Dummheit, die hält dicht.

Die Axt an die Wurzel zu legen reicht nicht.
Zuschlagen muß man.

Suum cuique

Das Meer hat einen Strand. Wohlan, es sei.
Das Meer ist groß. Nur daß man leicht vergißt,
der Fluß – gewissermaßen hat er zwei.
Gewährt dem Flusse, was des Flusses ist!

Jedes Ding hat zwei Saiten, sagte die defekte Gitarre.

Dogma

Zum Storch rief einst der Frosch hinauf:
Ich möchte fliegen! Hilf mir rauf!
Der Storch entgegnete: Ein Lurch,
der darf das nicht. Und fraß ihn auf.
Dogmatik setzt sich eben durch.

Rücksicht und Vorsicht

Wir halten Rückschau. Die Neandertaler ...
Worauf indessen führt uns das hinaus?
Na, zugegeben, wir sind etwas kahler,
doch sonst ist das wohl mehr ein Blick voraus.

Ein Unglück kommt selten von allein.

Herausstellung

Nun hat sie sich herausgestellt,
die Wahrheit. Gut? Vonwegen!
Denn tut sie das in dieser Welt,
dann meistens in den Regen.

Rest

Ich glaube noch an's Paradies.
Und sei's ein Rest. Und sei er klein.
Und sperrte man mich in's Verlies,
es würde so wie draußen sein.

Operationen sind am gefährlichsten,
wenn sie von Divisionen durchgeführt werden.

Berufliches

Tritt irgendwer auf unser Beet,
dann meist kein Gärtner. Einerlei,
nicht jeder, der uns Stricke dreht,
betreibt beruflich Seilerei.

Unrecht Gut gedeihet nicht selten.

Ad libitum

Ein Berg. Ein Mensch erklärte ihm den Krieg
und stieg hinan. Er trotzte manchem Sturz.
Der Fels ertrug gelassen diesen Sieg:
Wer immer mich besteigt, er ist mir schnurz.

Lügen haben nicht immer kurze Beine.

Da er keine eigenen hat, muß der Mensch
sich immer mit fremden Federn schmücken.

Es lohnt nicht, aus einer Mücke einen Elefanten zu machen.
Der sticht nicht.

Inhalt

Ein Klumpen Lehm. Geformt, gebrannt,
wird, wenn er Glück hat, allbekannt.
Dann wird er stolz. Doch sein Problem,
das ist und bleibt der Klumpen Lehm.

Der Speck heiligt die Mittelmäßigkeit.

Folgen

Unmenschlich – das ist eigentlich ein Lob,
auch wenn ich a priori Tadel ernte.
Der Glaube an das Gegenteil zerstob,
als ich die Gattung näher kennenlernte.

Quantitatiefsinn

Ein wenig Dummheit. Das genügt,
sofern ein Mitmensch immer lügt.
Der ehrliche hingegen, der
benötigt ohne Frage mehr.

Wer gut schmiert, läßt andere gut fahren.

Effizienz

Ein Mitmensch suchte lebenslang
die Wahrheit. Aber es mißlang.
Ein zweiter hatte mehr Verstand.
Der suchte gar nicht erst. Und fand.

Ich denke, also bin ich selber schuld.

Mahnung

Das Lügen sitzt dem Menschen in der Brust.
Und das hat die Natur sehr gut geplant.
Nur ist es uns nicht allezeit bewußt,
daß jede Lüge eine Wahrheit mahnt.

Zwergwuchs

Ein Zwerg – und wie er seine Sorgen löste:
Indem er sich in eines Riesen Hand versteckte
und rief, als jener seine Arme aufwärts reckte:
Nun seht zu mir herauf. Ich bin der Größte!

Bestandsaufnahme

Alle sagen sie: Ich will dein Bestes!
Also fragst du dich: Geh' ich drauf ein?

Wenn du klug bist, angesichts des Restes,
der dir bliebe, läßt du's besser sein.

Wer sich gerne auf's Ohr haut, ist alles andere als ein Geißler.

Amtlich

Der Zirkus lebt. Wie neunzehnhundert.
Ja mehr: Sein Flair ist allgemein verbreitet,
so daß sich heut' kein Mensch mehr wundert,
wenn ein Bürohengst auf dem Schimmel reitet.

Ein geneigtes Ohr ist besser als zwei,
sofern diese zum gleichen Kopf gehören.

Wissen

Meiner Mutter, Jahrgang 1909, haben sie es nicht geglaubt, wenn sie gesagt hat: Wir wußten es nicht. Jeder, haben sie gesagt, hat es gewußt. Du also auch. Deshalb bist du mitschuldig. Jeder Deutsche ist mitschuldig, weil er es hätte wissen können, wenn er es hätte wissen wollen.

Nie wieder, haben sie gesagt. Dafür werden wir sorgen. Und sie haben ihr Wort gehalten.

Das Volk wußte seither immer alles.

Das aber haben sie nicht gewußt.

Nicht?

Ein kleines Wort ist absoluter Renner.
In unsrer Sprache steht es dicht an dicht.
Allein bei Interdikten fehlt's im Nenner.
Da dominiert das Wörtchen nicht nicht. Nicht?

Immerhin

Ein Mitmensch. Und das war sein Traum:
Ein Kerl zu sein. Stark wie ein Baum.
Er kam ans Ziel nach seinem Sinn.
Als Bonsai zwar. Doch immerhin.

Topographie

Das gilt für jeden alten Zopf:
Was schütter aus der Glatze schaut
ist wie ein Eisberg aufgebaut.
Der Hauptanteil sitzt tief im Kopf.

Wer alles zu den Akten legt,
sollte sich selbst dabei nicht vergessen.

9

Man fürchtet das Alter, ohne daß man weiß, ob man alt werden wird.

La Bruyère

Was wäre, wenn

Das Beste einer Lebenszeit
ist immer die Vergangenheit.
Doch was wär', käm' sie Stück
um Stück zur Gegenwart zurück?

Sitten

Als er ein Baby war, da wurde er gesittet.
Inzwischen aber ist er längst ein alter Mann,
ein ausgekochter Kerl, zerbeult und oft gekittet,
der sich der Kinderzeit nicht mehr erinnern kann.

Auch das angebetete Goldene Kalb
wird eines Tages ein altes Rindvieh.

Dick und dünn

Beim Älterwerden sei bedacht:
Man kann sich nicht mehr schnell bewegen.
Nichtsdestotrotz geschieht's hingegen,
daß man sich rascher dünne macht.

Weisheit

Der Mitmensch, alt geworden, stellt er fest,
er hockt auf einem Berg von Fragen.
Und schnurstracks eilt er, uns nun diesen Rest
als Lebensweisheit anzutragen.

Schattenspringen

Der Mensch wird alt, und er schrumpft ein.
Das heißt, sein Schatten wird dann klein.
Nur heißt das noch nicht unbedingt,
daß er auch leichter drüberspringt.

Schatten

Ein Mitmensch, Schatten seiner selbst geworden,
schien ihn die Sonne hell von südwärts an.
Und da belehrte ihn ein Blick nach Norden,
daß auch ein Schatten Schatten werfen kann.

Selbstbetrug

In seiner Jugend hat man für die Zeit
gewissermaßen nie Gelegenheit.
Im Alter scheint das umgekehrt zu sein.
Das stimmt zwar nicht. Doch redet man sich's ein.

10

Sterben ist nicht traurig, aber dieses Kranksein ist so ermüdend.

Multatuli

Grundlage

Ein Mitmensch ging für immer von uns fort.
Und fragt ihr nach dem Grund, er hatte keinen.
Fragt lieber die, die bleiben, hier wie dort,
denn um zu bleiben, ja, da braucht man einen.

Verzichtserklärung

Ich liebe den Gesang von Chören,
weil Stimme sich um Stimme flicht.
Nur eines möchte ich doch lieber nicht:
Den Chor der Engel singen hören.

Dresdener Fürbitte

Das einzig wahre Muß für mich heißt: Sterben.
Nur bin ich momentan noch nicht drauf scharf
und will mich höchsten Orts darum bewerben,
daß ich zuvor erst einmal leben darf.

Prioritäten

Hat Trauer ein spezifisches Gewicht?
Kennt jemand jemand, der es kennt? Ich nicht.
Ich weiß nur, wenn ich sterbe, weint mein Hund.
Was schert mich da noch menschliches Na, und?

Was von Vonschnitz blieb

Ein Schnellgericht unterscheidet sich von einem ordentlichen Gericht durch eine ganze Reihe von Vorzügen. Das jedenfalls behauptete Schnellgerichtler Vonschnitz sein unvergeßliches Leben lang. Nun, da es – eben dieses lang gelebte Schnellgerichtsleben – zu Ende, ich füge die Platitüde »Plötzlich und unerwartet« hinzu, nun also, da dieses Leben zu Ende gegangen ist, soll Vonschnitz insofern Gerechtigkeit widerfahren, als wir hier zunächst die von ihm als solche empfundenen Vorzüge darlegen. Da wäre ad eins der sich aus dem Namen ergebende Geschwindigkeitsvorteil. Zweitens benötigt man keinerlei Skrupel wegen der Vorbereitung oder gar aufwendige Zutaten: einfach her mit dem Zeug und in die Pfanne gehauen. Garkochen. Vertilgen. Und das ist, drittens, sogar im Stehen, als Standgericht, möglich. Angesichts jedoch des zumindest für ihn selbst tragischen Endes, muß wenigstens auch ein Nachteil solcher Gerichte vor aller Welt ausgebreitet werden, schon deshalb, daß der Fall Vonschnitz unwiederholbar bleibt. Erliegt nämlich der Schnellgerichtler der Einfachheit und Einträglichkeit seiner Methode allzusehr, dann wird er immer laxer im Umgang selbst mit den primitivsten Regeln für jedes Gericht, wird er eines Tages, bar aller Vorsicht, auf weiteren Zeit- und sonstigen Gewinn ausgehend, alle die Arbeitsgänge weglassen, die vorm Vertilgen kommen, nur noch auf Letzteres bedacht sein und irgendwann an einer erworbenen Packung ersticken. Wie jener Vonschnitz. Zur Vermeidung eines solchen, vermittels des Todes die Gesundheit doch stark beeinträchtigenden Unfalls ergeht hiermit die dringende Empfehlung, es jenem Vonschnitz niemals gleichzutun, der jetzt in irgendeinem schwarzen Kanal in irgendein Jenseits unterwegs ist. 1984

Zu guter Letzt

Man stirbt. Dafür wird man geboren.
Verschieden, doch stets nackt. Gleichviel,
das Leben geht auch nackt verloren.
Erst die Beerdigung hat Stil.

Komparative

Ein Mitmensch sagte: Ich bin rot.
Ein zweiter: Ich bin röter.

Dann waren beide plötzlich tot.
Nun fragt sich: Wer ist töter?

Auf und ab

Die Dinge nehmen ihren Lauf.
Jahrzehnte stieg der brave Essenkehrer
beschwingt den Weg zum Dach hinauf.
Nun ist er abgestürzt. Das fiel ihm schwerer.

Kalligraphischer Trost

Im Nachruf für den Dichter stand:
Zwar kam er nie zu lichten Höh'n,
doch seine Handschrift – allerhand!
Er schrieb nicht gut. Jedoch sehr schön.

Hinteransichtssache

Wo Liebe ist, ist Haß vonnöten.
Wenn möglich heiß wie frisch vom Grill:
Wer einen Hund entflöhen will,
muß grausam sein, muß töten, töten.

Die Abberufung aus dem Amt
sollte der von der Welt vorausgehen.

Zeitnot

Die Erde. Himmel. Sonne. Wolken. Sterne.
Sein Leben. Seine Augen im Gesicht.
Sein Blick. Durchstreifend Nähe und auch Ferne.
Sein Tod. Doch sehen konnte er noch nicht.

Memoirenschreiber

Wer immer Memoiren schreibt, wird Schneider.
Er flickt an seinem Negligé herum.
Er näht sich auch, wenn's sein muß, neue Kleider.
Und bringt sein Ich frech mit der Nadel um.

Anfechtung

Ein Mitmensch, hier auf Erden ohne Mängel,
beschloß durch Unfall seinen Lebenslauf.
So kam er plötzlich unter echte Engel.
Doch diese nahmen ihn mit Argwohn auf.

Höhere Gewalt

Ein Mitmensch hatte Todesangst vorm Fliegen.
Nur unten ist man sicher, sprach der Tropf.
Von mir wird niemals so ein Ding bestiegen!
Gesagt, fiel ihm ein Flugzeug auf den Kopf.

Erst gibt man den Verstand auf, dann den Geist.

Relativ

Was jammert ihr, er sei zu jung gestorben.
Er stürzte kerngesund vom Dach.
Im freien Fall. Und geistig wach.
Das Alter hätte ihm den Sturz verdorben.

Pessimismus

Ihr macht's euch leicht. Ihr nennt mich einfach Pessimist.
Und ich kann mich des Vorwurfs nicht entheben,
sofern, was ich befürchte, Pessimismus ist:
Ich fürchte, meinen Tod zu überleben.

Gewicht der Seele

Hat eine Seele ein Gewicht?
Wir wissen es noch immer nicht.
Doch wenn, ist sie bestimmt nicht leicht,
weil sie so schwer aus uns entweicht.

Ungewiß

Von all den Toten – einen holt zurück!
Denn, zweifellos, bislang allein verdirbt
man sich den Tod als letztes großes Stück,
weil kein Zurückgekehrter dafür wirbt.

Saldo postmortale

Manch Mitmensch, den wir per Dekret verehren,
er würde, wenn er könnte, kurzerhand
beweisen, daß man ihn nur mißverstand.
Doch ist wer tot, dann kann er sich nicht wehren.

Konsequent

Ein Egoist. Nie hat er je gegeben.
Er nahm nur immerzu. Von jedermann.
Nur eines, was man respektieren kann:
Die Konsequenz. Er nahm sich selbst – das Leben.

Das Märchenmärchen

Es war einmal ein Märchen, das stand verstaubt und unbeachtet neben allerlei Plunder in einem Kellerregal. Die Leute hatten es dort abgestellt. Dabei war es ein schönes Märchen, das eigentlich jeder hätte kennen sollen. Aber niemand hatte Zeit und Lust, sich mit ihm zu befassen.

Da malte sich das Märchen auf ein weißes Blatt Papier und hing sich so an die Kellertür, daß man es sehen konnte. Aber keiner sah es.

Also zog es um. Aber es blieb unbeachtet. Und so oft es auch noch die Plätze wechselte, da war nicht einer, der es bemerkte.

Das schöne Märchen wurde sehr traurig, und es bedauerte die hastigen Menschen, die am Morgen aus dem Haus stürzten ohne Blick für irgend etwas. Und die abends müde zurückkehrten und wieder nichts sahen.

Da machte es sich zur leisen Melodie und sang sich in die Wohnungen und an die Arbeitsplätze. Aber es gelang ihm nicht, in die Ohren zu dringen.

Was müssen das für Menschen sein, die nichts mehr sehen und nichts mehr hören, fragte sich das schöne Märchen. Und aus Verzweiflung erzählte es sich sich selbst. Aber da gefiel es sich auch nicht mehr.

C'est la – wie?

Ich fliege nicht. Ich fürchte mich vorm Fliegen.
Hat diese Angst vor Unbekanntem Sinn?

Auf jeden Fall. Denn ich kann immerhin
auch meine Furcht vorm Tode nicht besiegen,
obwohl ich doch noch nie gestorben bin.

Vater und Sohn

Der Sohn des Dorfschmieds sprach nach dessen Ende:
Ich leide. Doch ich muß auch sagen,
zwei große, starke, nimmermüde Hände
– sie haben aufgehört zu schlagen.

Beileidiges

Mein Mitgefühl, schrieb einer einem zweiten.
Ihr Wertgerüst war ähnlichen Gewichts.
Wer wollte das in diesem Fall bestreiten,
denn alle beide nämlich fühlten – nichts.

Abstieg

Der Letzte Abstieg: Neunzig Zentimeter.
Wir alle kommen nicht um ihn herum.
Zwar steigen wir heut' durchaus etwas später,
gestiegen aber wird. Zu dumm.

Sicherheitsfrage

Ein Mitmensch lebte. Einsam und vergessen.
Doch als er sich – pengpeng – das Leben nahm,
ward er zum Zentrum höchster Interessen
insofern, wie er an das Mittel kam.

Letzter Dank

Ein Mitmensch, falsch behandelt immerdar,
sprach sterbend einen Dank im Pfühl:
Es ist ein herrliches Gefühl,
daß es der Arzt meines Vertrauens war.

Niederlage

Den großen Wettlauf mit sich selbst gewinnen,
er möchte es, doch niemals wird was draus,

und geht er eines Tages ganz von hinnen,
geht ihm sein Ruf ein letztes Mal voraus.

Metaphysisch

Ein Mann verstarb. Die Medizin
war ratlos, ihr Befundbericht
sehr kurz: Sie überlebte ihn.
Das überlebte er wohl nicht.

Rolf Schneider

Pilzomelett und andere Nekrologe

Ullstein Buch 2384

ein Ullstein Buch

Ein mit der Feder dilettierender General wird von den übermächtigen Gestalten seiner eigenen Phantasie aus dem Leben befördert ... Ein Kritiker, berühmt und berüchtigt ob seiner Verrisse, nimmt ein schreckliches Ende ... Ein anderer Held dieser schwarzen Geschichten wird zur Strafe für männliche Arroganz in eine Frau verwandelt ... Rolf Schneider ironisiert und enthüllt mit parodistischem Witz den Literaturbetrieb.

Rolf Schneider

Der Tod des Nibelungen

Aufzeichnungen des deutschen Bildschöpfers Siegfried Amadeus Wruck
Ediert von Freunden

Ullstein Taschenbuch 26108

ein Ullstein Buch

Der Roman erzählt die Biographie eines fiktiven Bildhauers, Insasse eines amerikanischen Camps für Naziprominente. In seiner Funktion als erster Bildhauer des faschistischen Regimes erhielt er den Auftrag zur monumentalen Verschönerung des Nürnberger Reichstagsgebäudes und konnte seiner Vorliebe für trivialisierte Formen des Nibelungenstoffes freien Lauf lassen …

»Rolf Schneider hat hier mit enormem Witz aus dem Steinbruch der jüngeren deutschen Vergangenheit Material zu einer Lebensbeschreibung zusammengetragen, an der so ziemlich alles echt ist, nur der Held nicht ….«